우리는 같은 곳에서

우리는 같은 곳에서

박선우 소설

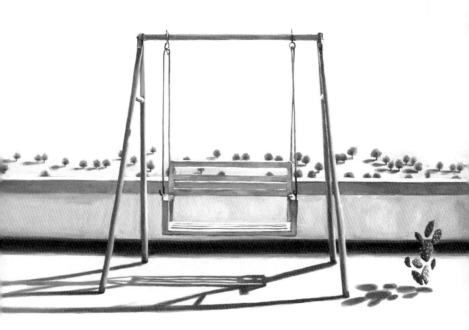

자음과모음

이 편지가 닿을 즈음 너는 어디에서 뭘 하고 있을까.

나는 어디에서 무엇을 하고······

과연 우리는 어떠한 사람들이 되어 있을까.

차
례

밤의
물고기들

그 사람을 만난 날이 떠오른다. 초여름 저녁, 그가 흔적도 없이 사라지고 내게 남겨진 장면들이 잇달아 떠오른다. 그 밤 우리가 정신 나간 사람들처럼 주고받은 대화, 얼음이 든 잔에 가득 흘려 넣은 진홍빛 위스키, 정체 모를 흰 가루, 그리고 오랜 정적 끝에 터져 나온 흐느낌까지. 그 기억의 편린들은 좀처럼 휘발되지 않을 것 같고, 어느덧 나의 일부분으로 스며든 듯하다. 어떻게 그럴 수 있을까. 왜 어떤 순간들은 불청객처럼 찾아와 남은 생을 고스란히 들여도 소거할 수 없는 얼룩을 남기고 떠나버리는 것일까. 어째서 다시는 돌아오지 않는 것일까.

그 사람이 우리 집에 온다는 소식을 접했을 때, 나는 병원

당직실 책상 앞에 앉아 있었다. 스탠드의 노란 불빛 아래에서 몸을 잔뜩 웅크린 채 사직서가 수리되었다는 통보문을 읽고 있었다. 하얗고 긴 종이에는 내 이름과 직함, 근무 시작일과 종료일, 병원장의 붉은색 인장이 찍혀 있었다. 그뿐. 레지던트 기간을 포함해 대학병원 피부센터에서 8년 넘게 근무한 이력이 종이 한 장에 담겨 있었다. 그 종이는 특별히 무겁거나 가볍지 않았다. 껄끄럽거나 매끄럽지도 않았고, 유난히 뻣뻣하거나 유연하지도 않았다. 그건 정말 아무것도 아니었다. 나는 그 사실을 받아들이느라 바로 옆 수의병동에서 근무하던 누나가 당직실까지 찾아와 그 사람 이야기를 꺼냈을 때 반박할 타이밍을 놓쳐버렸다. 그러니까 어째서 그 사람을 우리 집에 들여야만 하느냐는, 다른 거처를 알아봐줄 수 없겠느냐는, 차라리 돈을 보태줄 테니 호텔방을 잡아주라는 식으로 거부 의사를 밝히지 못한 것이다.

　시간이 지나고 보니 그러지 않기를 잘했다는 생각이 들 정도로 누나가 그 사람에게 쏟아붓는 애정은 각별했다. 나는 누나가 타인에게—후두염으로 진료를 받으러 온 구관조나 산후우울증에 걸린 레트리버가 아닌 사람에게—그토록 다정하고 배려 넘치게 구는 모습을 처음 보았다. 물론 그 사람을 향한 누나의 호의에는 의무감이랄까 측은지심이 복잡하게 뒤섞여 있었으므로, 나는 두 사람이 나란히 서서 대화를 나누는 모습을 보았을 때 내심 그럼 그렇지, 라고 생각했다. 누나에게 그 사람은 중성화 수술을 받고 밤거리를 헤매고 다니는 길고양이와 다름없는 존재인 것 같았다.

그 사람은 오픈리 게이였고, 프리랜서 북디자이너였으며, 5년 남짓 동거해온 연상의 남자친구와 결별한 상태였다. 누나의 말에 따르면 그 사람은 분노와 상실감을 극복하지 못한 나머지 몸담고 있던 프로젝트에서 줄줄이 하차했으며, 밤마다 친구들을 불러모아 술을 퍼마셨고, 종로와 이태원의 클럽들을 전전하며 아무 남자랑 섹스를 했다. 그런 식으로 한 달 가까이 흥청망청 지내고도 성이 차지 않았는지 오피스텔 보증금을 빼 장기 해외여행까지 다녀왔다. 그러니 지금은 돈 한 푼 없고 딱히 머무를 곳도 없는 신세라고 했다. 한마디로 대책 없는 인간이었다. 어떻게 서른네 살이나 처먹고—나와 동갑이었다—그런 식으로 삶을 꾸려나갈 수 있는 거지? 물론 나는 누나에게 그런 속내를 꺼내놓지 않았다. 당시에는 거부감을 드러낼 이유가 전혀 없었다. 알 게 뭐람. 일면식조차 없는 게이가 집도 절도 없이 떠돌아다니다가 객사하거나 말거나. 문제는 그 사람이 우리 집—정확히는 누나가 재건축을 염두에 두고 매입한 32평형 아파트—에 들어와 당분간 신세를 지겠다고 했을 때 발생했다. 말이 좋아 당분간이지 정황상 몇 주일을—혹은 몇 달을—뭉개고 있을지 몰랐다. 그러므로 나는 뒤늦게나마 누나에게 따져 물어야 했다. 어떻게 그런 중대한 결정을 동거인인 나와 한마디 상의도 없이 내릴 수 있느냐고 말이다.

야, 너나 잘해.

누나는 별 같지도 않은 소리를 들었다는 듯 입술을 실룩였다. 너야말로 해외 펀드니 뭐니로 적금 다 날려먹고 여기 들어와 산 지가 몇 년째야. 대체 언제 독립하나 기다리고 있었는데, 응? 나랑 한마디 상의도 없이 사직서를 내? 성질 같아서는 너부터 쫓아내고 싶거든.

나는 대꾸할 말이 떠오르지 않아 방으로 들어왔다. 침대에 비스듬히 누워 앞으로 맞닥뜨리게 될 상황들을 상상해보았다. 사실 나는 그렇게 꽉 막힌 사람이 아니었다. 여태껏 동성애를 반대한 적도, 갈 곳이 없어 떠도는 난민이나 부랑자를 배척해야 한다고 생각한 적도 없었다. 솔직히 말하자면 별 관심 없었다. 누가 누구랑 섹스를 하든, 국경을 넘어 헤매고 다니든 말든 나한테 피해만 끼치지 않는다면 무슨 상관이란 말인가. 그게 내 입장이라면 입장이었다. 입장이랄 것도 없었다. 나는 그저 외부인을 사적인 공간에 들여야 한다는 상황 자체가 좀 성가실 뿐이었다. 그 사람이 고등학생 때 아우팅당한 게이이며, 이후로 부모와 의절한 채 지내왔고, 경제관념이 희박하며, 섹스 중독일지 모른다는…… 뭐 그런 사실들과는 아무 상관 없이 말이다. 처음에는 그런 거라고 믿었다. 실제로 그 사람이 우리 집 현관문을 열고 들어와 거실 소파에 떡하니 앉기 전까지는 말이다.

*

누나는 대학교 시절 성소수자 동아리에서 그 사람을 처음 만났다. 누나가 한때—9개월 정도—레즈비언이던 시기의 일이었다. 당시 누나는 과 동기 여학생에게 난생처음 느껴보는 감정을 발견했고—그래, 이게 진짜야—홀린 듯이 만남을 이어갔다. 동성혼이 합법화된 네덜란드로 이민을 떠나는 절차까지 알아봤을 정도였다. 하지만 그 여학생이 다른 년과 붙어먹으면서—누나의 표현이다—다시 이성애자의 세계로 돌아왔다. 한마디로 금지된 세계의 맛만 봤다. 누나는 한때의 방황을 청산하고 나니 유일한 전리품처럼 그 사람과의 우정이 남았더라고 했다.

그 사람은 누나가 만취하여 헤어진 여자친구의 옥탑방으로 쫓아가려 할 때마다, 동아리실 문을 걸어차고 소란을 일으킬 때마다, 수면제 과다 복용으로 응급실에 실려 갈 때마다 새벽같이 나와 그 뒤치다꺼리를 해주었다. 지극한 보살핌으로 누나를 다독여주었고, 매섭게 으름장을 놓기도 했으며, 남은 생을 어떻게 견뎌내야 할지 밤새도록 대화 상대가 되어주었다.

그러니까 내가 무사히 학업을 마치고 사람 구실을 하게 된 건 다 그 애 덕분이야.

누나는 그 사람에 관한 이야기를 꺼내놓을 때마다 늘 그런 식으로 마무리를 짓곤 했다. 이 모든 게 그 사람 덕분이라고. 그럴 때마다 나는 모래를 한 줌 집어삼킨 듯 목구멍 안쪽이 껄끄러워지곤 했는데—누나는 내게 도움을 청하거나 힘든 기색을 보인 적이 한 번도 없었다—그런 감정을 차마 털어놓지는 못했다.

네가 뭐 따로 할 건 없어.

그 사람이 귀국하기 전날 밤, 누나와 나는 부엌 식탁에 마주 앉아 손님맞이에 관한 이야기를 나누었다. 저녁 식사는 내가 준비해놓을 테고, 술은 네가 퇴사 선물로 받은 와인이 남아 있으니까 그걸로 하면 돼. 7시쯤일 것 같아. 내가 공항에서 그 애를 픽업해 집으로 데려오면 말이야. 그럼 너는 같이 밥 먹고 웃고 이야기 좀 나누다가 얌전히 네 방으로 들어가서 자면 돼. 별로 어려운 일도 아니잖아. 누나는 내 얼굴을 잠시 들여다보더니 덧붙였다. 살갑게 대해줘. 괴로운 상황에 처한 애니까.

스스로 자처한 괴로움이지. 나는 식탁에 왼팔을 걸친 채 상체를 틀어 앉았다. 대체 무슨 생각으로 돈을 다 써버린 거래. 그렇게 행동하는 사람을 제정신이라고 할 수 있나.

누나는 식탁 위로 팔을 뻗어 내 손등을 가볍게 어루만졌다. 이제 와서 그런 말 하면 뭐 해. 누구한테나 감당하기 힘든 시기는 있기 마련이잖아. 막 나가고 싶을 때가 있다고.

호모라서 그런가. 나는 툭 내뱉었다. 순 제멋대로네.

아, 진짜. 누나는 내 손등을 탁 소리 나게 내리쳤다. 입조심해. 너 그딴 소리 한 번만 더 해봐. 주둥이를 확 쳐버릴 테니까.

그냥 하는 말이야. 나는 얻어맞은 손등을 문지르며 어깨를 으쓱해 보였다. 아니, 솔직히 그렇잖아. 이해가 안 돼. 보통 사람이라면 애인이랑 헤어졌다고 그렇게까지 자기 삶을 내팽개치지 않는다고.

누나는 내 얼굴을 물끄러미 건너다보았다. 그렇겠지. 머리카락을 귀 뒤로 쓸어 넘기면서 말했다. 너야 그렇겠지.

무슨 뜻이야.

글쎄. 누나는 어깨만 으쓱해 보였다. 그냥 하는 말이야.

*

이튿날 오후, 누나는 붉은색 폭스바겐을 몰고 인천국제공항으로 향했다. 나는 누나가 현관을 나서는 순간부터 좌불안석이 되었고—대체 왜?—거실 소파 한가운데에 앉아 텔레비전을 보는 둥 마는 둥 했다. 월드컵 기간이라 어느 채널을 틀어도 축구 중계와 하이라이트 재방송이 한창이었다. 나는 냉장고에서 하이네켄 맥주병을 꺼내 와 홀짝거렸고 이따금씩 벽에 걸린 시계를 올려다보았다. 지금쯤이면 둘이 만나고 있겠지, 차 트렁크에 캐리어를 싣고 웃고 떠들면서 이쪽으로 오고 있겠지, 다리를 건넜을 거야, 도중에 카페에 들러 커피를 한 잔씩 마셨을지도 모르고, 둘이서 무슨 작당을 했을지 알아, 어쩌면 그놈이 운전대를 잡았을지도, 슬슬 경사로를 올라 아파트 주차장에 들어섰을 거야, 감히 우리 집 호수가 적힌 자리에 차를 세우고 있겠지, 같은 생각을 쉬지 않고 떠올렸다. 그런 상념들이 머릿속에 차오르는 걸 막을 수가 없었다. 나는 어째서 내가 이렇게 예민하게 구는지 영문을 알지 못했고, 한쪽 다리를 덜덜 떨며 맥주만 연거푸 들이켰다. 그러다가 마지막 모금을 삼킬 즈음 현관 쪽에서 도어록 장치가 해제되는 소리를 들었다. 고개를 돌리자 라임색 캐리어를 한쪽씩 나눠 든 두 사람이 집 안으로 들어서는 모습이 눈에 들어왔다.

　그 사람은 키가 얼추 2미터는 되어 보였다. 빡빡 깎은 머리에, 오른쪽 귀에는 새끼손톱만 한 링 귀걸이를 하고 있었다. 떡 벌어진 어깨를 감싼 연푸른색 하와이안 셔츠는 조금만 힘을 주면 단추가 터져 나갈 것처럼 가슴 부근이 팽팽했다. 무엇보다 그는 목덜미부터 양쪽 손등에 이르기까지 국화꽃과 잎사귀 문신으로 도배가 되어 있었다. 그제야 나는 누나를 통해 그의 사생활은 낱낱이 전해 들었음에도 용모에 관해서는 일절 들은 바가 없다는 사실을 깨달았다. 그의 외모는 내가 막연히 상상해온 이미지와 사뭇 다르다는 느낌을 주었는데, 실제로 그를 본 후에는 내가 이전까지 어떤 모습을 상상해왔는지 좀처럼 떠올릴 수 없었다.

나는 텔레비전을 끄고 자리에서 일어났다. 현관으로 다가가자 누나는 웃음기 어린 목소리로 인사해, 동생이야, 하고 나를 가리켰다. 그는 미소를 띤 채 말씀 많이 들었습니다, 라고 굵직한 저음으로 말했다. 그러면서 자기 이름도 덧붙였는데, 나는 평소와 다르게 실실거리는 누나를 신경 쓰느라 그걸 제대로 알아듣지 못했다.

고맙습니다. 기꺼이 받아주셔서요.

그가 악수를 청하듯 오른손을 내밀었을 때에는 얼결에 두 손으로 맞잡았다.

뭘요. 저도 반갑습니다. 나는 멋쩍게 웃어 보인 뒤 손을 빼고 돌아섰다. 들어오세요. 누추하지만 뭐, 당분간이니까요.

우리는 함께 거실로 자리를 옮겼다. 소파로 향하는 내내 누나는 그의 옆얼굴을 빤히 올려다보며 조심해, 캐리어는 저쪽에 내려두고, 피곤하겠다, 어지러운 건 좀 괜찮아, 같은 말을 쉬지 않고 반복했다. 그때마다 그는 피식 웃거나 고개만 저을 뿐 이렇다 할 대답은 하지 않았다. 그와 누나는 2인용 가죽 소파에 나란히 걸터앉았고, 나는 베란다에서 의자를 가져와 그들을 마주 보는 위치에 놓고 앉았다. 의자는 마호가니 재질로, 누나가 작년에 인터넷으로 충동 구매한 물건 중 하나였다. 등받이에 진녹색 쿠션이 달려 있고, 팔걸이에 스핑크스가 음각으로 새겨져 있어 다소 으스스한 느낌을 주는 앤티크 가구였다. 누나는 배달되어 온 날 딱 한 번, 그 의자에 앉아봤을 뿐—사진으로 보던 거랑 느낌이 좀 다르네—이후로는 그것을 치워버리고 거들떠보지도 않았다. 그래서 우리는 지금까지 그것의 존재를 까맣게 잊고 지냈다. 나는 그날 처음으로 마호가니 의자에 앉게 됐는데, 우리 집에 그런 물건이 존재해왔다는 사실이 새삼 놀라웠다.

있어봐. 마실 것 좀 가져올 테니까. 이윽고 누나는 자리에서 몸을 일으키며 말했다. 둘이 동갑인 건 알지? 편하게 이야기 나누고 있어. 그러더니 나를 향해 은근한 눈빛을 보냈다. 이번 기회에 서로 친해지면 좋잖아.

누나 말마따나 그와 나는 거실에 남았다. 그는 상체를 숙인 채 양쪽 팔꿈치를 무릎에 괴는 자세로 앉아 있었다. 피로가 몰려오는지 연신 목덜미를 주물렀고, 심호흡을 하듯 숨을 크게 들이쉬었다가 뱉어냈다. 그때마다 그의 근육질 상체가 팽

팽하게 부풀어 올랐다가 가라앉는 모습을 나는 지켜보았다.

피곤하시겠어요. 나는 예의상 먼저 말을 꺼냈다. 오는 길이 막히진 않았나요.

괜찮았어요. 그는 상체를 일으키며 고개를 앞뒤로 까닥였다. 그 시간에 그 정도면 막힌 것도 아니죠. 정말 괜찮았어요.

하필 퇴근 시간대랑 겹쳐서 걱정했는데요. 나는 하나도 걱정하지 않았으면서 되는 대로 지껄였다. 여행은 어떠셨나요. 어느 나라에 다녀오신 거죠?

여기저기요. 그는 고개를 연신 까닥대며 말했다. 마치 혼자서만 어떤 음악을 듣고 있고, 그 리듬에 완전히 빠져 있는 듯했다. 처음부터 어느 나라가 목적은 아니었어요. 그냥 여행 자체가 목적이었지.

그러셨구나. 나는 그것참 정신 못 차리고 방황하는 사춘기 같다고 생각했다. 그래도 뭐, 기억에 남는 곳이 있을 법한데요.

으음. 그는 고갯짓을 멈추더니 잠시간 천장을 올려다보았다. 교토요. 맞아, 교토가 있었네. 막 생각났다는 듯 눈을 동그랗게 뜨고서 나를 건너다보았다.

교토 좋지요. 나는 시선을 피하기 위해 등받이에 몸을 기댔다. 거기서 뭐가 좋으셨는데요.

딱히 좋았던 건 없어요. 그는 고개를 다시 까닥거리며 말했다. 그냥, 어느 나라를 가도 거기가 거기고, 이렇다 할 흥미나

의욕도 없어서, 일주일 넘게 푸켓 리조트에서 머물던 때였어요. 교토는…… 헤어진 남자친구 인스타그램을 보다가 충동적으로 가게 됐지요. 그 인간이 나랑 헤어지고서 3박 4일인가 교토에 혼자 여행을 다녀왔더라고요. 그래서 그가 돌아다닌 경로를 그대로 따라다녀봤어요. 첫날 밤에는 교토타워에 올라가 도시 야경을 내려다봤고, 둘째 날에는 청수사에 들러 바가지에 약수를 가득 받아 마셨죠. 그러면 몸에 깃든 병이 낫는다나 뭐라나. 셋째 날에는 나라사슴공원에 갔어요. 도다이지에서 향도 피우고 백 엔짜리 운세도 뽑았고요. 마지막 날에는 우지마을에서 말차푸딩이랑 센베를 먹었습니다. 그 인간이 했던 그대로요. 그게 다예요.

왜요. 나는 별생각 없이 물었다. 무슨 이유가 있나요.

그는 내 얼굴을 가만히 들여다보았다. 순간 처음으로 그와 눈이 마주쳤다는 생각이 들었다. 그의 눈동자는 연한 갈색이었다. 볕에 그을린 피부는 부드럽고 탄력 있어 보였고, 오른쪽 뺨에는 눈물 자국처럼 일정한 간격으로 점이 세 개 있었다.

살면서 그래본 적 없으세요? 그가 놀랍다는 듯이 말했다. 그냥, 그 사람이 머무른 장소에 한번 가보는 거요.

나는 고개를 좌우로 흔들었다. 우연히 마주치길 바라는, 뭐 그런 건가요.

아니요. 그는 자세를 고쳐 앉더니 검지로 제 볼을 톡톡 두드렸다. 그렇다기보다…… 오히려 반대에 가까워요. 거기에 없다는 걸 확인하러 갔달까. 없음을 보러 간 거죠.

그때 누나가 탄산수병과 얼음이 든 잔을 쟁반에 담아 내왔다. 테이블에 그것들을 하나씩 내려놓으며 그와 내 얼굴을 번갈아 보았다. 둘이 대화가 통하나 보네. 여태 무슨 이야기 했어?

아무것도. 그는 상체를 뒤로 젖히며 누나를 향해 싱긋 웃었다. 당신이 얼마나 매력적인 여자인지 이야기했지.

누나는 갑자기 웃음을 터뜨리더니 그의 어깨를 찰싹 내리쳤다. 하여간 알아줘야 해. 그러더니 그 사람 옆자리에 쓰러지듯 주저앉았다. 그의 왼쪽 팔과 허벅지에 착 달라붙다시피 했다.

그즈음 나는 누나가 내가 알던 사람이 아닌 것 같다는 느낌을 받았다. 부모님의 이혼으로 중학생 때부터 떨어져 살긴 했으나 그래도 드문드문 얼굴을 보며 지냈는데, 같은 병원에서 근무하게 되고는 2년 넘게 한집에서 살기까지 했는데, 그동안 한 번도 마주친 적 없는 사람 같다는 느낌을 받았다.

파에야 데우고 있어. 누나는 다리를 꼬고 앉아 탄산수를 한 모금 삼키더니 말했다. 자기, 가스파초 좋아하지? 그거랑 타파스. 그린샐러드랑 칠레산 와인도 준비해뒀어.

그는 겸연쩍게 미소를 지었다. 고마워. 그러면서 나를 곁눈

질한 뒤 손에 쥐고 있던 잔을 테이블에 조심스레 내려놓았다. 어쩜 그렇게 내 마음을 잘 아시는지.

파에야? 내가 의아한 얼굴로 쳐다보자 누나는 약간 성가시다는 듯 눈살을 찌푸렸다. 왜, 뭐 문제 있어?

아니, 문제라기보다. 나는 누나가 그런 요리를 할 줄 안다는 사실을 그때 처음 알았다. 파에야가 대체 뭐야.

스페인 요리예요. 그가 나긋한 어조로 설명했다. 해산물볶음밥이라고 생각하시면 돼요. 사프란이란 향신료가 들어 있어서 특유의 감칠맛이 나는데…… 아, 그거 오징어바게트랑 먹으면 딱인데.

오징어바게트! 누나가 느닷없이 손뼉을 치더니 그의 무릎을 쥐고 흔들었다. 맞아, 그때 진짜 맛있었는데. 그것도 같이 준비할 걸 그랬네.

오늘만 날인가. 그가 팔을 길게 뻗어 누나의 어깨를 감싸안았다. 다음에 같이 먹자. 그때는 소주도 한잔하고 말이야.

좋아. 누나는 일말의 거부감도 없이 그의 품에 안겨 있었다. 다음에 같이 먹자. 다음에. 마냥 그러고 있었다.

나는 말없이 두 사람을 쳐다보기만 했다.

아, 맞다. 오래지 않아 누나가 그에게서 몸을 빼내며 말했다. 이러다가 다 태워먹겠네. 나 먼저 부엌에 가서 세팅하고 있을게. 너네는 천천히 와.

아니야, 나도 할게. 그런데 그가 누나의 손목을 잡고 부드럽게 말했다. 종일 음식 준비하느라 힘들었을 텐데. 옆에서 좀 거들게.

무슨 소리야. 누나는 웃으면서 그의 널찍한 가슴을 주먹으로 때렸다. 하긴 뭘 해. 넌 손님이잖아. 비행기 타고 오느라 피곤했을 텐데, 그런 사람을 부려먹을 수야 없지. 그러더니 내 쪽을 흘끗 쳐다보았다. 쟤는 이럴 때 뭐 하나 거들어준 적이 없다니까.

뭐가. 나도 모르게 볼멘소리가 나왔다. 가끔 도와주잖아. 빨래랑 청소도 하고.

아, 네. 누나는 빈정거리듯 말끝을 늘어뜨렸다. 도와주셨죠. 제가 다 해야 마땅한 일인데 가끔 도와주셨죠.

어차피 세 사람이나 할 일은 아닌 거 같고. 그는 웃으면서 달래는 투로 말했다. 나랑 같이해. 그래야 마음이 편하겠어.

둘은 사이좋게 부엌으로 향했다. 이윽고 개수대 바닥에 물줄기가 쏟아져 내리는 소리, 컵과 그릇이 식탁 위에 차례대로 놓이는 소리, 싱크대 서랍이 열린 다음 쾅 하고 닫히는 소리, 두 사람이 조그맣게 대화를 나누다가 키득거리며 웃는 소리 따위가 잇달아 들려왔다.

그동안 나는 마호가니 의자에 앉아 텔레비전만 봤다. 평소 응원하던 독일 축구팀이 아르헨티나 팀과 치르는 예선 경기를 지켜보았다. 독일 공격수가 두 차례나 페널티킥을 실축하는 바람에 팀 전체에 패배의 기운이 드리워져 있었다. 수비수들은 의욕을 잃은 채 느릿느릿 뛰어다녔고, 감독은 팔짱을 긴 채 오른 다리를 덜덜 떨었다.

야, 밥 먹어. 그때 부엌에서 누나가 소리쳤다. 와서 밥 먹으라고.

나는 텔레비전을 끄고 의자에서 일어났다. 빌어먹을. 고개를 돌려보니 어느새 베란다 앞까지 저녁 어스름이 짙게 몰려와 있었다. 밖이 캄캄했다. 나는 왠지 녹초가 된 기분으로 그 아득한 너머를 건너다보았다.

*

저녁 식사는 예상외로 싱겁게 마무리되었다. 누나는 레이스가 달린 보랏빛 앞치마를 두른 채 식탁 위로 음식들을 가져다 날랐다. 나는 누나가 흥얼거리는 콧노래를 들으며 그의 맞은편 자리에 앉았다. 하나같이 처음 보는 요리들이었다. 식기들도 평소에는 꺼내놓지 않던 포트메리온이었다.

다들 배고프지?

그런데 누나가 앞치마의 리본을 풀고 그와 나 사이에 앉았을 때였다. 가스파초인지 뭔지를 한 국자 뜨려는 순간, 선반에 놓아둔 누나의 휴대전화가 울렸다. 용인에 위치한 동물원에서 사고가 발생했다는 소식이었다. 수컷 기린이 저보다 덩치 큰 암놈과 짝짓기를 하던 중 무리하게 점프를 시도하다가 뒷다리 고관절이 끊어졌다고 했다.

하여간 사내새끼들이란.

누나는 혀를 끌끌 차며 레지던트들과 문자메시지를 주고받았다. 병원에서 장비를 챙긴 다음 동물원으로 응급수술을 하러 가야 한다고 했다. 누나는 자기 방에서 남색 카디건을 걸치고 나와서는 먹어, 둘이서 먹고 있어, 라고 말하며 현관 쪽으로 걸어갔다. 나는 이런 경우가 처음도 아니어서 그래, 조심히 다녀와, 하며 대수롭지 않게 넘겼는데 그는 갑자기 안색이 어두워지더니 자리에서 일어났다. 잠시 우왕좌왕하다가 현관으로 가서는 누나를 따라 신발을 신으려고 했다.

아니야, 혼자 가도 돼. 누나는 그를 향해 손을 휘휘 저으며 내 쪽을 슬쩍 건너다보았다. 가긴 어딜 간다고 그래. 몸무게만 1톤이 넘는 기린이야. 수술하는 데만 한나절은 걸릴 테고. 그러니까 넌 여기 있어. 좀 쉬라고. 네가 편해야 내 마음도 편하니까.

그래도. 그는 덩치에 어울리지 않게 기어들어가는 음성으로 말했다. 그럼 바래다주기만 할게.

택시 타고 가면 돼. 일순 누나는 참지 못하고 큰 소리로 웃음을 터뜨렸다. 이러지 마, 정말. 네가 이러면 내가 어떻게 가니. 손을 뻗어 그의 얼굴을 조심스레 어루만졌다.

애틋해 돌아가시겠군. 그사이 나는 파에야를 한 숟가락 퍼서 입 안에 넣었다. 샐러드와 가스파초도 잔뜩 욱여넣고 씹었다. 맛있네. 잔에 와인을 채워서는 벌컥벌컥 들이마셨다. 음식들이 하나같이 입에 맞아 성질이 났다.

누나가 현관을 나서자 그는 잠자코 부엌으로 돌아왔다. 내 맞은편 자리에 걸터앉았고, 그를 위해 차려진 음식들을 멀거니 내려다보았다. 무슨 생각을 하는지 알 수가 없었다. 저, 실례가 안 된다면. 그가 어느 순간 상체를 일으키며 말했다. 먼저 일어나도 될까요?

나는 양 볼이 미어지도록 음식을 입에 넣은 채 그를 건너다보았다. 식사는요?

괜찮아요. 그는 맥없이 웃어 보였다. 갑자기 피곤해서요. 샤워 좀 하려고요.

그는 거실로 나가 모퉁이에 세워놓은 캐리어 앞에 쪼그려 앉았다. 거기서 세면도구가 든 파우치와 갈아입을 옷가지를 주섬주섬 챙겨 들었다. 나는 벽 너머에서 샤워기가 물을 세차게 쏟아내는 소리를 들으며 저녁 식사를 이어갔다. 그러니까 외간 남자가 홀딱 벗고 샤워를 하는 동안 그를 위해 차려진 잔칫상을 혼자서 꾸역꾸역 해치웠다. 뭔가 어긋났고 잘못되었다는 느낌을 받았으나 그게 다 저 사람 탓이려니 생각했다. 애당초 그가 우리 집에 발을 들여놓은 것 자체가 정상적인 일이라고 볼 수 없었으니 말이다. 나는 새삼 남자가 남자를 사랑한다는 것이 무엇일지 생각해보았다. 그러니까 그게 뭐야. 거기에 무슨 미래가 있긴 한가. 결실이 있을 수 있나. 그럼 대체 무엇을 위해서 그런 짓을 하는 거지. 내 말은…… 어째서 모두가 뜯어말리는 짓을 기어코 해버리느냐는 거야. 그냥 좀 참고 살면 되잖아. 남들 몰래 하거나. 그편이 훨씬 쉽고 안전하잖아.

이윽고 욕실 쪽에서 들려오던 물소리가 뚝 끊어졌다. 그가 희고 얇은 티셔츠에 사각팬티에 가까운 반바지 차림으로 문을 열고 나왔다. 그즈음 나는 식사를 마치고 거실에 먼저 나와 소파 한가운데를 차지하고 앉아 있었다.

그는 사용한 수건을 세탁 바구니에 집어넣다가 불이 꺼진 부엌에 눈길을 주었다. 아, 저기. 상체를 틀어 내게 허락을 구하듯이 물었다. 제가 설거지를 좀 할까 봐요.

놔두세요. 나는 무뚝뚝한 어조로 대꾸했다. 누나가 와서 할 거예요.

내일 점심에나 온다면서요. 그가 부엌 쪽으로 넘어질 듯 몸을 기울였다. 밤새 일하고 온 사람한테 설거지까지 맡길 수 있나요. 저대로 두면 냄새도 날 텐데.

그러지 말고요. 나는 자리에서 일어났다. 술이나 한잔할래요? 바로 옆 찬장으로 다가가 와인잔을 두 개 꺼내 들었다. 부엌에 가면 새 와인이 있을 거예요.

그는 내가 말한 대로 와인을 가져왔다. 병을 테이블에 내려놓고는 잠깐 망설이다가 마호가니 의자에 걸터앉았다. 의자는 몸집이 큰 그가 앉기에 다소 불편해 보였으나 우리는 그것에 대해 한마디도 언급하지 않았다.

와인은 금세 동이 났다. 우리는 주거니 받거니 쉬지 않고 술만 들이켰다. 나는 다시 찬장을 뒤져 누나가 아끼는 글렌피딕과 발베니를 꺼내 들었다. 부엌에서 위스키잔과 얼음도 새로 가져왔다. 우리는 마시고 또 마셨다. 마치 그것 외에는 함께할 수 있는 일이랄까 접점이 없는 사람들처럼 그랬다.

맞다, 좋은 게 있어요.

오래지 않아 그가 자리에서 일어나 캐리어 쪽으로 성큼성큼 걸어갔다. 연갈색 종이봉투를 가져와서는 안에 든 내용물을 보여주었다. 시큼한 향을 풍기는 흰색 가루였다. 그는 그것이 마닐라에서 유행하는 위스키 첨가제라고 했다. 술에 꽃향기를 더해주고 숙취를 예방해주는 효과가 있다고 말이다. 어때요? 그는 씨익 웃으며 나를 쳐다보았다. 같이 할래요?

나는 그게 최음제 같은 거면 어쩌나 생각했다. 그걸 먹고 인사불성이 된 나를 그가 덮치기라도 하면 어쩌나 하는 염려가 들었다. 저 덩치 큰 빡빡이가 나를 엎드리게 만든 다음 강제로…… 그러다가 쓸데없는 걱정을 하고 있다는 자각에 헛웃음을 지었다. 좋아요. 나는 흔쾌하게 응했다. 먹고 죽자고요.

그는 반쯤 남은 위스키병에 정체 모를 가루를 모조리 들이부었다. 병의 주둥이를 엄지로 틀어막은 다음 칵테일을 제조하듯 리드미컬하게 흔들었다. 그리고 그가 내 술잔을 가득 채워주었을 때, 나는 내가 거의 만취한 상태임을 깨달았다. 눈앞의 잔을 들어 몇 모금을 더 삼키게 되면, 거기에 뭐가 들었든 얼마 안 가 곯아떨어지게 되리라고 확신했다.

그럼에도 나는 마셨다. 그렇게 막무가내로 마셔댄 건 처음이었다. 평소에 나는 술이 꽤 센 편이었고, 음주에 관해서는 자제력도 강한 축이었다. 주량을 넘어설 정도로 마셔서 필름이 끊기거나 주사를 부린 적은 한 번도 없었다. 그런데 그 밤, 나는 어째서인지 정신을 약간 놓다시피 했다. 그가 따라주는 족족 들이켰다.

당신 같은 사람은 처음이에요. 얼마 후 나는 실없이 웃으며 혀 꼬부라진 소리를 냈다. 솔직히 말할게요. 나는 동성애자를 처음 봐요. 이렇게 마주 앉아 대화를 나눠본 적도 처음인 것 같고요. 여태껏 살면서요. 아, 물론 제 주변에 있긴 했겠죠. 그렇지만 당신처럼 여봐란듯이 구는 사람은…… 정말이지 처음이에요.

한 번도 없었다고요? 그 역시 취했는지 벌게진 얼굴로 웃었다. 그럴 리가요. 곰곰이 생각해봐요. 아마 수도 없이 마주쳤을 거예요. 나 같은 사람 말이에요. 지금도 주변에 수두룩할 거고요.

그래서 나는 생각해봤다. 병원에서 근무하던 시기뿐 아니라 고등학교, 중학교 시절까지 기억을 거슬러 올라갔다. 어느 때든 호모같이 구는 애들이 꼭 한둘은 있었다. 걔네 이름이 뭐더라. 우리는 그 애들을 계집애, 창녀, 걸레 같은 별명으로 부르곤 했다. 이유 없이 따귀를 때리거나 책가방을 뺏어 창밖으로 던져버린 적도 있었다.

그 시절 나는 내가 아닌 누군가가 되어보는 일을 상상조차 할 수 없었다. 나는 나였고, 거기에는 아무런 문제가 없었다. 아무 문제도 없어야 한다는 것, 그것이 중요했다. 나는 굳이 내가 아닌 다른 사람이 되어야 할 필요성을 느끼지 못했다. 실은 다른 사람이 되어서는 안 된다고 믿었다.

그것참. 그가 나를 바라보며 짧게 숨을 내쉬었다. 재밌는 분이네요.

나는 그를 향해 턱을 치켜들며 물었다. 뭐가요.

그냥요. 그는 슬며시 미소 지으며 팔걸이에 몸을 기댔다. 세상에는 참 여러 종류의 불행이 있는 것 같아요. 나 같은 불행, 당신 같은 불행. 우리는 불행으로만 하나가 될 수 있는 것 같네요.

나는 전혀 불행하지 않은데요.

그러시구나. 그는 코를 찡긋해 보이더니 반쯤 남은 위스키를 한입에 털어 넣었다. 손에 쥔 잔을 어루만지다가 느릿한 어조로 말을 이었다. 얼마 전에 사직서를 내셨다고 들었어요. 내가 말없이 쳐다보자 그는 어깨만 살짝 으쓱해 보였다. 8년 넘게 근무한 직장을 이렇다 할 이유도 없이 때려치우셨다고요.

문득 그가 나에 관해 어디까지 알고 있을까 하는 의문이 들었다. 누나가 나한테 그에 관한 이야기를 시시콜콜 떠들어댄 것처럼, 그에게 내 이야기를 얼마나 떠벌렸을까 하는 의구심에 가슴 한편이 뻐근해졌다. 누나는 내 비밀을 속속들이 아는 유일한 사람이었다. 한집에 같이 살게 되면서 누나는 내 비밀을 캐내는 걸 유난히 즐겼다. 작은 비밀이라도 털어놓지 않으면 우리 사이가 그것밖에 안 되느냐는 둥 피 섞인 남매라고 해봤자 역시 남보다 못하다는 둥 온갖 트집을 잡으며 서운해했다. 그래서 나는 비밀을 만들어낼 수밖에 없었다. 그중에는 의무관으로 군 복무하던 시절에 병사들이 내 거길 빨아준 이야기도 있었다. 누나가 한때 레즈비언이었다는 사연을 털어놓은 직후였을 것이다. 당시 나는 그에 상응할 만한 일탈이랄까 굴곡점이 내 삶에 거의 없다는 사실을 깨달았다. 그래서 그런 이야기를 꾸며냈다. 사실 그건 완전히 거짓말도 아니었다.

그걸 이 새끼가 알고 있으면 어쩌지.

불현듯 그런 생각이 머릿속을 스쳤다. 이 새끼가 내 걸 빨아주겠다고 달려들면 어쩌지. 다 안다고. 이런 플레이를 꽤나 즐긴다는 걸 안다면서 말이야.

종일 사람들 피부만 들여다보셨다고요. 그가 들고 있던 잔을 테이블에 내려놓으며 물었다. 좀 궁금하더라고요. 매일 낯선 사람들 피부만 들여다보고 있으면 무슨 생각이 드나요.

무슨 생각요. 나는 퉁명스러운 어조로 답했다. 아무 생각도 안 들어요. 피부는 그냥 피부죠. 껍데기예요.

아. 그는 테이블에 고인 물방울을 검지로 슥 문질러 닦았다. 그래서 때려치우셨구나. 자리에서 일어나 다시 캐리어 쪽으로 향했다. 걸음을 옮길 때마다 고꾸라질 것처럼 휘청거리면서도 용케 넘어지지 않았다. 그는 아까보다 오래 가방을 뒤적여 뭔가를 찾아냈다. 돌아와서는 마호가니 의자가 아닌 소파에, 바로 내 옆자리에 걸터앉았다. 순간 그의 허벅지가 내 다리에 닿았다.

자. 그는 손에 쥔 것을 자랑스레 내밀었다. 이것 좀 보세요.

뭔데요. 나는 애써 아무렇지 않은 척 대꾸했다. 그는 비실비실 웃으면서 한번 보세요, 신기할 거예요, 라고 말했다. 그것은 손바닥만 한 크기의 플라스틱 공이었다. 안에는 점성이 높고 투명한 액체가 가득 들어차 있었다. 그는 그걸 조심스레 내 손에 넘겨주었다. 자세히 들여다보니 플라스틱 공 한가운데에는 아주 조그마한 진홍빛 너울 같은 것이 일렁이고 있었다. 안에 뭐가 있네요. 이게 뭐예요?

코이 잉어예요. 그가 말했다.

잉어라고요?

모르셨구나. 그는 이를 드러내며 환히 웃었다. 코이는 자신이 처한 상황과 환경에 맞춰 성장하는 물고기인데요. 가정용 어항에 넣어두면 5센티미터 남짓 자라고, 큰 수족관에 옮겨놓으면 행동반경이 넓어진 만큼 10센티미터에서 30센티미터까지 자라나요. 강에 풀어주면 1미터가 훌쩍 넘게 커지고요. 그는 코 밑을 문지르다가 덧붙였다. 그래서 태어나자마자 이렇게 좁은 공간에 가둬놓으면 티끌만 한 크기로 평생을 살게 된답니다.

나는 플라스틱 공을 다시금 들여다보았다. 붉은 비늘 같은 형체가 미세하게 꿈틀거리는 듯했다. 이게 살아 있는 잉어라고요?

네.

얼마 안 가 그는 웃음을 터뜨렸다. 아, 농담이에요. 농담. 커다란 손바닥으로 내 등을 잇달아 내리치더니 어깨에 팔을 둘렀다. 실은 아무것도 아니에요. 이건 그냥…… 리몬이라는 항구도시에서 사 온 장난감인데요. 아무래도 불량품 같아요. 그

의 숨결이 내 귓등을 간질였다. 안에 든 이물질이 뭔지는 저도
잘 모르겠어요.

그때 나는 가만히 있었다. 그가 나를 거의 안고 있다시피
했음에도 그랬다. 그의 겨드랑이가 내 오른쪽 어깨에 닿아 있
었고, 그곳을 통해 축축한 열기가 전해져왔음에도 나는 그를
뿌리치지 않았다. 이제 와서 다시 생각해봐도 이해할 수 없는
일이었다. 오히려 나는 어떤 충동을 억눌러야만 했다.

짧은 농담을 끝으로 그는 입을 꾹 다물었다. 내게서 손을
거두고 술잔을 몇 차례 더 비우더니 흐릿한 눈빛으로 테이블
의 모서리를 내려다보았다. 마치 뭔가를 견디는 사람처럼 아
랫입술을 잘근잘근 씹기도 했다. 그러다가 한순간 두 손으로
얼굴을 감쌌다. 흐느끼듯 울음을 토해냈다.

나는 당황하여 그를 빤히 쳐다보았다. 취했군. 그의 어깨를
다독여주려다가 가까스로 손을 거두었다. 취해서 제정신이
아닌 것 같아. 원래도 제정신은 아니었던 것 같지만. 나는 머
뭇거리다가 공연히 내 잔을 움켜쥐었고, 절반 넘게 남아 있던
술을 들이켰다. 순간 뒤통수를 얻어맞은 듯한 충격이 느껴졌
다. 얼근한 취기가 한꺼번에 몰려오면서 눈앞이 어질했다. 손
끝에 저릿저릿한 감각이 일 정도였다. 그때 나는 테이블에 올
려둔 원형의 플라스틱을 내려다보았다. 무슨 생각으로 그랬
는지 모르겠다. 희미해져가는 의식의 꼬리를 붙든 채 나는 그

공을 들여다보기만 했다. 정말이지 그건 아무것도 아니었다. 그의 설명을 들은 뒤여서인지 뭔지 더는 아무런 움직임도 느껴지지 않았고, 특별한 빛깔도 찾아볼 수 없었다. 그건 그저 이물질에 불과했다.

이후에 기억나는 장면은 없다. 나는 그가 흐느끼는 음성을 들으며 서서히 정신을 잃어갔다. 그 지경이 되도록 취한 적은 난생처음이었고 다시는 없을 것 같다. 이제 내가 확실하게 말할 수 있는 건 그런 것뿐이다. 내 남은 생에 더는 어떠한 변화도 일어나지 않으리란 것 말이다.

*

다음 날 누나는 정오를 훌쩍 넘겨서야 돌아왔다. 나는 그즈음 내 방 침대에서 깨어났고, 어리둥절한 상태로 거실에 나와 앉아 있었다. 살갗에 닿는 볕이 따스해 자꾸만 졸음이 쏟아졌다. 집 안을 둘러보니 그 사람은 이미 떠나고 없었다. 테이블에 어질러놓았던 술병이며 개수대에 쌓아둔 그릇들까지 말끔하게 정리되어 있었다.

대단하네. 현관에 들어선 누나는 내 몰골을 보자마자 길게 한숨을 쉬었다. 누가 보면 네가 집도 절도 없는 떠돌이인 줄 알겠다.

그리고 시간은 여느 때처럼 흘러갔다. 그가 떠나고 오래지 않아 나는 새로이 구직 활동을 시작했다. 이전과 비슷한 조건의 일자리를 얻었고 똑같은 짓을 반복했다. 종일 낯선 사람들 피부만 들여다보는 일, 껍데기를 하얗고 매끄럽게 만들어주는 일 말이다. 트러블을 압출하고 각질을 벗겨낸 다음 가능한 한 하얗게—거의 창백하게—탈색시키는 일. 이른바 미백이라 일컫는 피부 대청소. 그래, 나는 의사라기보다 청소부에 가까웠다. 모두가 내게 그것을 원했으므로. 한창 바쁠 때에는 아침에 눈을 뜨고 잠자리에 들기 직전까지 내 앞에 놓인 껍데기들을 죄다 쓸고 닦아야 했다. 눈에 보이지도 않을 만큼 자디잔 불순물까지 레이저로 소각해 치워야 했다. 그런 식으로 몇 해를 흘려보내고 나니, 어느 날 누나가 불룩해진 배를 들이밀며 말했다. 이제는 정말 집을 나가줬으면 한다고, 자신이 돌봐야 할 아이는 한 명으로 족하다고 말이다.

이제 나는 한 달에 한 번, 마지막 주 일요일에만 누나의 집으로 향한다. 회색 볼보를 몰고 한강을 건너 손님의 자격으로 그곳을 방문한다. 한때 내가 살았던 집의 호수가 적힌 주차 구역에 차를 세운 뒤 엘리베이터를 타고 올라가 초인종을 누른다. 그러면 누나와 조카 녀석이 현관까지 나와 나를 맞이한다. 우리는 식탁에 빙 둘러앉아 저녁 식사를 함께한다. 근황을 늘어놓고 가끔은 준비한 선물도 주고받는다. 찻잔이 식어갈 즈음 포옹을 나누고 웃으면서 헤어진다.

그뿐.

하지만 어린 조카를 만나고 돌아오는 밤이면, 그러니까 누나와 나의 피가 절반쯤 섞였을, 병원에 익명으로 생식세포를 팔아넘긴 남자의 피가 절반쯤 섞였을 그 녀석을 만나고 돌아오는 밤이면, 나는 맹렬한 속도로 달리는 차 안에서, 달빛을 머금은 채 반짝거리는 강 한복판에서, 그 아이가 그 사람처럼 자라나면 어쩌지, 하고 생각한다. 그 아이가 내가 감당할 수 없는 존재로 성장하면 어쩌지, 그러면 나는 그 아이에게 무엇을 해줄 수 있을까, 내가 그 아이를 사랑할 수 있을까, 누군가를 온전히 사랑할 수 없다면 그 잘못은 나에게 있는 것이 아닐까, 뭐 그런 생각을 말이다.

그 밤, 그 사람과 술잔을 기울이며 나누었던 대화도 떠올리게 된다. 그의 굵고 나직한 음성, 반복적인 고갯짓, 팔뚝에 어지러이 새겨진 꽃과 이파리들, 뼈마디가 도드라진 손, 뜨거운 체온이 어린 허벅지, 그리고 그가 내게 보여준 원형의 플라스틱까지. 그 안에서 조그마한 불씨처럼 일렁이던 잉어의 몸짓은 지금도 눈앞에 선하다. 사실 그건 잉어가 아니었음에도, 어째서인지 내게는 잉어로 남아 있고, 그렇게 새겨져버린 듯하고, 그건 돌이킬 수 없는 듯하다. 어쩔 수 없는 문제라는 게 늘 발생하는 것처럼 말이다. 그런 밤이면 집에 돌아와 혼자 샤워를 하면서, 물줄기를 따라 조용히 수음을 저지르면서, 편안한 옷으로 갈아입은 뒤 침대에 기어들면서, 머리맡의 스탠드를 끄고 베개에 머리를 뉘면서, 마치 내가 누군가의 실수로 만들어진 불량품 같다는 생각을 한다.

우리는
같은 곳에서

종로3가에서 명동까지 걸었다. 겨울의 초입이었고 볕이 따스했으므로. 투명한 햇빛이 발 언저리를 맴돌았다. 마치 길을 안내하는 새의 날갯짓처럼. 그 덕에 마냥 걸음을 옮기게 되는 날이었지. 여유도 있고 기분도 동하는, 그런 날 있잖아.

12분 정도 걸리더라.

낙원상가를 등진 채 남산타워를 향해 걸으니 금방이었어. 횡단보도를 두 번인가 건넌 것 같아. 서울고용노동청을 지나 대신증권 빌딩을 끼고 도니까 명동성당이 보이더군. 뛰거나 잰걸음으로 서두른 건 아니야. 신호등이 제때 켜지긴 했지만 뭐…… 그래도 놀랍지 않니? 12분이라니.

얼마 전까지만 해도 나는 종로3가에서 명동으로 가야 할 때면 꼬박 지하철을 탔다. 종로3가역을 찾아가 플랫폼까지 내려가는 데 9분, 열차를 타고 이동하는 데 7분, 충무로역에서 하차해 4호선으로 환승하느라 12분, 명동역에서 인파를 헤치고 다시 지상으로 나오기까지 9분이 걸리는데도 그랬지. 도합 37분. 한 번도 어김없이 그러한 동선으로 움직였을 것이다. 어린 시절부터 내게 서울은 지하철 노선도로 구획된 세계였으므로. 종로3가와 명동은 늘 37분 거리였다.

지하철 노선도에 표시된 두 곳을 봐. 그게 어디 사람이 걸어 다닐 만한 거리처럼 보이냐고. 그런데 12분이라니. 나는 문득 눈앞에 나타난 명동성당의 첨탑을 보고 어찌할 바를 몰랐다. 왜 이렇게 가까운 거지. 지척에 두고 몰랐다니. 순간 오래전에 절교한 친구의 얼굴이 눈앞을 스쳐 지나갔다.

서주연. 그녀는 나와 18년 지기였어. 여태껏 그 애와 왜 멀어졌는지 모르고 있었는데 이제야 정확한 이유를 알게 됐다. 그건 주연이 실업급여를 신청하기 위해 서울고용노동청을 방문했을 때의 일이었어. 그날 주연은 노동청 건물 입구에서 내게 전화를 걸었다. 어째서인지 안절부절못하는 목소리로 내가 지금 어디에 있는지를 물었어. 어디긴. 하필 그때 나는 종로3가에 있었다. 낙원상가 근처 스타벅스에서 하릴없이 『한낮의 우울』이란 책을 읽고 있었어. 그랬더니 오래. 주연은 내게 자신이 있는 곳으로 와달라고 부탁했다. 너 노동청에 와본 적 있어? 명동성당 근처인데, 여기 분위기 장난 아니야. 노동청 간판 위에 시커먼 비둘기가 떼로 앉아 나를 내려다보고 있다. 깔보고 있어. 마치 썩은 고기를 기다리는 까마귀 떼처럼 말이야. 그러면서 주연은 무서워, 온몸이 떨린다, 덜덜 떨려, 라고 우는소리를 했다.

뭐가 무서워.

나는 그런 주연을 이해할 수 없었다. 무엇보다 귀찮았지. 딱히 다른 용무가 있었던 것도 아니고 누가 날 좀 불러내줬으면, 놀아줬으면, 해서 몸이 배배 꼬이던 참이었는데도 막상 그런 연락을 받으니까 성가시더라. 졸면서 읽던 책이 갑자기 흥미진진한 대목에 접어든 듯 느껴졌고—우울증은 자아를 변질시키고 마침내는 애정을 주고받는 능력까지 소멸시킨다, 라는 대목이었을 거야—오늘은 이 책을 완독하려 했는데, 그러려고 나왔는데, 하는 아쉬움마저 들었지. 그래서 나는 조심스레 운을 뗐어. 주연아, 너도 잘 알겠지만 여기서 거기까진 좀…… 멀잖아. 바로 정리하고 나가도 사오십 분은 걸릴 텐데, 그렇게 오래 기다리는 건 너한테도 괴로운 일 아닐까.

주연은 한동안 입을 열지 않았다. 그런가. 그러더니 억양 없는 어조로 되물었어. 거기서 여기까지 그렇게나 먼가.

멀지.

먼가.

멀다고.

통화는 그렇게 끝났다. 그것이 우리가 나눈 마지막 대화였어. 18년 넘게 같이 놀고 먹고 대학교 졸업식도 함께 치렀는데…… 라식 수술을 받을 때에는 서로 보호자 역할을 해주기도 했는데…… 그걸로 끝.

통화가 끊어지기 직전에는 암전과도 같은 긴 침묵이 있었다. 나는 이따금씩 그것에 대해 생각해보곤 해. 그 괴괴한 정적 속에서 이루어진 급격한 전환에 대해 말이야. 하지만 그 순간을 몇 번이나 곱씹어봐도 무엇이 어떻게 달라진 건지 알수가 없어. 매번 나는 영문도 모르는 채 길가에 내버려진 강아지처럼 암담해진다.

오늘, 이곳을 향해 오는 길에도 그랬지. 지하철역에서 나와 사거리 횡단보도 앞에 멈춰 섰을 때였다. 추위에 오들오들 떨며 통행 신호를 기다리는데, 불현듯 지금 내가 느끼는 걸 오래전에 주연도 느꼈으리란 생각이 들더라. 그 애가 아직도 노동청 건물 앞에 서 있을 것만 같고…… 한 손에 휴대전화를 움켜쥔 채…… 행인들 속에서 혼자 우두커니…… 여전히 나를 기다리고 있을 것만 같았어.

*

거기까지 말한 뒤 영지는 고개를 푹 숙였다. 양쪽 귀가 벌
겋게 달아오른 걸 보니 만취한 것이 분명했다. 벌써 네 번째
듣는 이야기였다. 했던 이야기를 하고 또 하는 것은 영지의
오랜 술버릇이었다. 언젠가 취중에 했던 이야기를 반복하는
사람은 자신이 말했다는 사실을 잊어버려서가 아니라 그 이
야기를 여러 번 게워내 아주 잊어버리려는 사람이라는 말이
떠올랐다. 그렇다면 이제 영지는 18년 지기를 아주 잊어버리
고 싶은 걸까. 끝났다는 기억조차 게워내 정말로 끝장을 보고
싶은 걸까.

나는 영지를 부축해 호프를 빠져나왔다. 대로변에서 택시
를 잡아 세웠고, 헝겊 인형처럼 자꾸만 고꾸라지는 그녀를 겨
우 뒷좌석에 태웠다. 망원동이요. 내가 운전석을 향해 3만 원
을 내밀자 영지는 눈도 뜨지 못한 채 허공에 손을 내저었다.
아, 왜. 술값도 네가 냈잖아. 나는 괜찮다는 뜻으로 영지의 어
깨를 살짝 붙잡은 다음 차 문을 닫았다. 순간 차창 너머로 뭔
가를 견디는 듯한 영지의 얼굴이 스쳤다. 아니, 내가 잘못 본
걸지도 몰랐다.

택시는 미끄러지듯 터널 속으로 사라져갔다. 나는 점퍼 주
머니에 손을 끼워 넣은 채 하늘을 올려다보았다. 맑고 선선한

바람이 양 볼을 간질이며 지나갔다. 한겨울치고는 포근한 날씨였다. 문득 나는 걷고 싶다는 충동을 느꼈고, 실제로 완만히 뻗은 언덕길을 따라 오르기 시작했다. 그러다 보니 걸을 수 있는 만큼 멀리, 지쳐서 더는 걸을 수 없을 지경이 될 때까지 걷고 싶어졌다. 이런 감정을 대체 뭐라고 표현할 수 있을까.

영지와 나는 대학교에서 처음 만났다. 핸드 드로잉과 크로키, 라는 미술대 교양과목 수업에서였다. 당시 수학과 복학생이었던 내게 그 수업은 제대 후 간만에 시도한 수강 신청이 참담한 실패로 끝났음을 의미했다. 첫 수업 날, 나는 강의실 맨 뒷자리에 시무룩한 표정으로 앉아 있었다. 가뜩이나 학교에 아는 얼굴도 없는데, 그저 학점을 채우기 위해 기초도 모르는 수업에 들어와 있으니 잔뜩 주눅이 들었던 것이다. 강의실에는 수십여 개의 나무 이젤이 일정한 간격으로 세워져 있었다. 수강생은 열 명 남짓에 불과했고, 나 같은 타과생이 대다수인 듯 보였다.

그날 강의 내용은 원근법에 관한 것이었다.

교수는 이것이 2차원 평면 위에 입체감을 부여하는, 회화의 기초라고 설명해주었다. 그는 동그란 뿔테 안경에 콧수염을 기른 중년 남자였는데, 이런 교양 수업에 이골이 난 듯 항상 반쯤 조는 듯한 얼굴이었다. 나는 그 강의를 통해 회화의 투시도법이 기하학의 기본 개념과 유사하다는 사실을 알게 됐다.

평행하는 두 직선을 무한하게 연장했을 때, 두 선이 언젠가 만나게 되리라는 가정—회화의 소실점—은 사영기하학의 무한원점 개념과 일치했다.

그날 교수는 수업 말미에 학생들을 2인 1조로 편성해주었다. 한 학기 동안 진행하게 될 합동 과제를 위해서였다. 그는 교탁 앞에 서더니 자신을 기준으로 가장 멀리 앉은 학생과 가장 가까이 앉은 학생을 지목해 한 조로 묶었다.

이래야 공평하죠.

그게 어떤 공평을 자아내는지는 알 수 없었으나 지목된 학생들은 서로를 멀뚱히 쳐다보기만 하다가 느릿느릿 짐을 꾸리며 일어섰다. 서로의 중간 지점에서 만나 하나의 이젤을 사이에 두고 나란히 앉았다. 그날 나는 영지와 한 조가 되었다. 당시 영지는 미술사학과 신입생으로 매사에 열의가 넘치는 스무 살이었다. 포항에서 방직공장을 운영하던 아버지의 사업이 크게 넘어지기 전이어서, 지금과는 달리 심적으로나 경제적으로나 여유롭고 자신만만한 시절을 보내고 있었다.

우리는 합동 과제를 진행하면서 조금씩 가까워졌다. 수업이 끝난 뒤에도 종종 강의실에 남아 자판기에서 뽑아 온 캔커피를 홀짝이며 이야기를 나누었다. 영지는 모든 방면에서 너그러운 이해심과 수용성을 보였고, 별것 아닌 농담에도 큰 소리로 자지러지게 웃음을 터뜨렸다. 수업 내내 갈피를 못 잡고 헤매는 나를 위해 기꺼이 과외 선생 역할을 자처하기도 했다. 그 무렵 원근감이 자기기만에서 비롯된 착각이라고 가르쳐준 사람도 바로 영지였다.

그게 무슨 소리야.

영지는 이걸 어디서부터 설명하나 싶은 얼굴로 망설이다가 자신도 입시 미술을 배우는 내내 의문을 품었던 부분이라고 덧붙였다. 그러니까 모든 건 평면 위에 놓여 있을 뿐이라는 거야. 영지는 나보다 네 살이나 어렸지만 한 번도 나를 오빠라고 부르거나 존대한 적이 없었다. 두 살 터울의 남동생이 한 명 있는데, 그 애 이름과 내 이름이 똑같다고만 했다.

한마디로 원근감이란 주입된 감각에 불과하다는 거지. 잘 봐.

영지는 연필을 집어 하얀 캔버스 위에 가느다란 선들을 그려 넣었다.

지금 내가 여기에 길을 그리려 한다 쳐. 이렇게, 길은 위로 뻗어나갈수록 점점 좁아지고, 끝내 소실점에 이르러 완전히 사라진다. 그러면 감상자는 이곳과 저곳이 꽤 멀리 떨어져 있구나, 저기가 끝이구나, 하고 받아들이기 마련이잖아. 캔버스라는 평면에 깊이가 있는 게 아닌데도 마치 가상의 거리감을 실제인 양 의식하지. 그런데 나는 그림을 그릴 때나 감상할 때 한순간도 잊어선 안 된다고 봐. 영지는 고개를 돌려 잠시 내 얼굴을 살피더니 캔버스 위로 왼손을 펼쳐 보였다. 고작 이거라고. 기껏해야 여기서 저기까지는 한 뼘도 채 되지 않는 다고 말이야.

종강 후 우리는 5개월 정도 사귀었다. 사소한 다툼으로 헤어지고 다시 만나길 반복하다가―사귀는 내내 그랬다―어느 순간부터는 전혀 연락을 하지 않고 지냈다. 그러던 중 동문회 뒤풀이 자리에서 우연히 만나 화해 비슷한 걸 했다. 이후로는 페이스북을 통해 드문드문 안부를 주고받았고, 1년에 서너 번쯤 함께 영화를 보거나 가벼운 술자리를 가졌다. 그런 식으로 10년 가까이 만남을 유지해왔다.

한때는 이런 어중간한 관계가 불만스러워―대체 왜?―내가 일방적으로 영지의 연락을 무시하거나 엉뚱한 핑계를 대며 약속을 미루던 시기가 있었다. 그런데 지금은 뭐…… 나는 더 이상 영지에게서 여자, 라거나 친구, 라는 느낌조차 들지 않았고 그건 영지도 마찬가지인 듯했다. 그녀는 나를 거의 남동생처럼, 옆집 아저씨처럼, 가끔은 공원 산책 중에 마주친 개처럼 대했다. 이런 우리를 뭐라고 부를 수 있을까. 어쩌면 이러한 관계를 정립할 용어가 존재하지 않기 때문에, 우리가 지금껏 만남을 유지할 수 있었던 건지도 모르겠다.

나는 집에 들어서자마자 곧장 욕실로 향했다. 땀에 젖은 옷을 벗어던지고 욕조에 뜨거운 물을 가득 받았다. 벌겋게 언

발을 물에 담그자 찌릿한 통증이 온몸을 훑고 지나갔다. 나는 한참을 씻은 뒤 노곤해진 몸을 이끌고 침실로 들어갔다. 벽에 걸린 시계를 보니 어느덧 자정이 지나 있었다. 아내는 침대 헤드보드에 비스듬히 기대앉아 있었다. 내 베개에 노트북을 올려둔 채 드라마를 시청하는 중이었다. 좋았나 보네. 아내는 나를 흘끗 올려다보며 말했다. 당신, 얼굴이 빨개.

아, 목욕해서 그래. 나는 목덜미를 주무르며 대꾸했다. 이제 술이 올라오나 봐. 열받아서.

왜 열이 받아. 집에 들어오니까 열받아?

그게 무슨 소리야. 나는 조그맣게 웃음을 터뜨렸다. 베개나 이리 줘.

싫은데. 아내는 노트북을 덮더니 내 베개를 두 팔로 꼭 끌어안았다. 안 줄 거야. 절대로 안 뺏길 거라고. 상체를 좌우로 흔들며 아이처럼 응석을 부렸다.

나는 이불을 들춰 아내 옆자리로 들어가 앉았다. 그녀의 한 손을 끌어다 쥐고는 얼마간 말없이 다독였다. 아내는 입술을 비죽이다가 베개를 내려놓았다. 나는 그걸 등받이처럼 허리 뒤에 대고 앉았다. 그러곤 잠시 침묵을 지키다가 영지를 만난 이야기를 들려주었다. 영지와 어디에서 만나 뭘 먹었고 어떤 대화를 나누었는지 등등, 하나도 빠뜨리는 것 없이 조곤조곤 이야기를 늘어놓았다.

그렇게 연락이 끊겼다나 봐. 실은 그다지 먼 거리도 아니었는데 아주 먼 줄만 알고, 실수로. 실수인가, 아무튼 그렇게 다시는 만나지 못하게 됐대. 18년 넘게 친구 사이였는데 말이야.

으응. 아내는 시선을 내리깐 채 듣는 둥 마는 둥 했다.

뭐 느껴지는 거 없어? 나는 내가 느낀 것도 없으면서 마치 그런 게 있어야 한다는 듯이 물었다.

뭘 느껴. 아내는 다시 노트북을 끌어다 펼쳤다. 흔해빠진 이야기구먼.

당신도 이런 적 있어?

있겠지.

아내는 더 이상 그것에 관해 이야기하고 싶지 않다는 듯 스페이스바를 눌러 드라마를 재생시켰다. 나는 그런 아내의 옆얼굴을 물끄러미 바라보았다. 창백한 피부와 우뚝한 코, 어깨 위로 흐트러진 머리카락과 키보드 위에 가지런히 놓인 손가락들을 차례로 응시했다. 그러곤 이불을 끌어당기며 자리에 누웠다. 천장을 가만히 올려다보다가 눈을 감았다.

아내와 가깝다는 느낌이 사라진 건 언제부터일까.

나는 그녀에게 등을 보이는 자세로 돌아누웠다. 충분히 가깝다고 생각했는데, 그래서 결혼한 건데, 얼마든지 더 가까워질 수 있으리라 여겼는데, 언제부터인가 아내와의 간극이 좁혀지고 있다는 느낌이 들지 않았다. 결혼 전에는 이 모든 것이 저절로 나아지리라 생각했다. 그러나 시간은 아무것도 해결해주지 못했다. 오히려 서로의 단점들만 부각시켰고, 가끔은 알 수 없는 부채감으로 가슴을 짓눌렀다. 물론 세상의 어느 관계보다 아내와 나는 밀접한 사이라고 볼 수 있었다. 거의 하나에 가까웠지. 그러나 미세한 틈은 메워지지 않았고, 여전히 나는 온전하게 이해받지 못하고 있다는 고독감에 빠져들곤 했다. 그럴 때마다 뭐 하러 결혼했는지에 대해 생각했다. 아무리 노력해도 둘이 하나가 될 수 없는 거라면, 그것이 존재의 근원적 한계라면, 대체 무엇을 위해 우리는 이토록 붙어 지내야 한단 말인가. 불가능을 인정하기 위해서? 잊지 않기 위해서?

안 자는 거 다 알아.

그때 아내가 나지막이 입을 열었다. 나는 잠든 척 꼼짝 않고 있다가 느릿느릿 상체를 뒤로 젖혔다. 방금 깬 듯 부스스한 얼굴로 그녀를 올려다보았다. 아내는 노트북 화면에서 시선을 떼지 않은 채 무뚝뚝한 어조로 물었다. 영지 씨는 왜 그렇게 자주 만나?

일순 잠이 확 깨는 듯했다. 나는 아내의 옆얼굴을 빤히 쳐다보다가 몸을 일으켜 앉았다. 그게 무슨 소리야. 입 안이 꺼끌꺼끌해 연거푸 헛기침을 뱉어냈다. 자주 만나기는 무슨. 어쩌다 한 번 볼까 말깐데.

아니지. 아내는 고개를 좌우로 꺾더니 긴 숨을 들이쉬고 뱉어냈다. 입은 비뚤어졌어도 말은 바로 하라고. 두 사람 거의 계절마다 만나잖아. 아내는 노트북을 탁 덮으며 나를 쳐다보았다. 지나가는 사람들 붙잡고 한번 물어봐. 순간 귀 뒤로 넘겨두었던 머리카락이 앞으로 흘러내리면서 그녀의 얼굴을 반쯤 뒤덮었다. 다 큰 남녀가, 그것도 유부남이, 한때 사귀던 여자랑 아직도 만나고 다니는데, 1년에 서너 번이, 응? 적은가? 난 아닌 것 같은데.

영지가 무슨 여자야.

그럼 남자야?

나는 되받아치려다가 입을 꾹 다물었다. 이따위 일로 한밤중에 언성을 높이고 싶지 않았다. 나는 생각을 고르다가 이내 헛웃음을 지으며 아내의 품속으로 파고들었다. 미안해. 내가 잘못했어. 그녀의 허리를 부둥켜안고 양 볼을 비벼댔다.

미안하다고?

아내는 웃지 않았다. 뭐가 미안한데. 오히려 내가 한 사과의 의미에 대해 날카롭게 따져 묻기 시작했다. 처음에 아내는 내가 어떤 부정을 저질렀으니까 — 물론 이렇게까지 노골적으로 말하진 않았다 — 무의식중에 그런 말이 튀어나왔으리라고 주장했다. 자신의 추론 과정을 얼굴이 빨개지도록 흥분한 채 조목조목 늘어놓았다. 그러다가 나중에는 질려버렸다는 듯 고개를 흔들면서 아니지, 이게 다 내 탓이지, 하고 체념 조로 덧붙였다. 내가 아이 갖기를 원하지 않으니까, 지금 그걸 돌려서 비난하는 거잖아, 딴 여자 만나는 걸로 시위하는 거잖아, 그런데 어쩌나 자기야 난 아기가 싫어, 태어나서 한 번도 좋아해본 적 없어, 라고 이기죽거렸다.

나는 잠자코 듣기만 했다. 예전부터 아내는 자기가 뱉는 말에 취해 점점 과격해지는 방식으로 스트레스를 해소하곤 했다. 내버려두면 끝내 울음을 터뜨렸고 지쳐 잠들었다. 다음 날 아침에는 언제 그랬느냐는 듯 싱글거리며 아침상을 차려줬다. 그러니 나는 침대 끄트머리에 시선을 고정시킨 채 아내의 이야기를 한 귀로 듣고 다른 귀로 흘려버리려고 애썼다. 말 그대로 부단히 애를 썼다. 그러면서 이런 식으로 상대를 등한시해야만—상대가 온 힘을 다해 쏟아내는 이야기를 온 힘을 다해 외면해야만—유지 가능한 관계가 과연 어떤 결말에 이를지에 대해 상상해보았다. 사실 그건 상상해볼 것도 없었다.

그때 전화벨이 울렸다.

아내는 말을 멈추고 주위를 둘러보았다. 나도 그녀의 시선을 좇아 벨소리가 울려 나오는 곳을 향해 눈길을 던졌다. 내 머리맡에 놓인 휴대전화 화면에 보란 듯이 안영지, 라는 이름이 떠올라 있었다. 순간 아내의 표정이 돌처럼 딱딱하게 굳었다. 그런데 곧 생각이 바뀌었는지 아내는 휴대전화를 집어 내게 건넸다. 태연한 얼굴로 받아보라는 듯 턱을 살짝 치켜들었다. 나는 마지못해 스피커폰 상태에서—아내가 요구했다—통화 버튼을 눌렀다. 여, 여보세요.

수화기 너머에서 다짜고짜 흐느끼는 듯한 목소리가 들려왔다. 나 어떡해.

응? 무슨 일이야.

집에 누가 있는 것 같아. 영지는 떨리는 음성으로 간신히 말을 이었다. 나 지금 현관문 앞에 서 있는데, 방 안에 불이 켜져 있어…… 문도 안 잠겨 있고.

아. 나는 상황을 파악하느라 한동안 입을 열지 못했다. 누가 온 거 아니야? 부모님이나 친구.

오긴 누가 와. 영지는 울음을 터뜨리기 일보 직전이었다. 누구한테도 도어록 비밀번호 알려준 적 없어. 아무래도 이거…… 도둑 든 것 같아.

도둑? 나는 새된 목소리로 되물었다. 아내도 눈을 휘둥그렇게 뜨고 있었다.

어쩌면 좋아. 영지는 두서없이 더듬거리며 말했다. 손이 떨려서 전화도 겨우 걸었어. 뭐가 됐든 들어가서 확인해볼 엄두가 안 나. 너무 무서워. 그러곤 한참을 머뭇거리다가 덧붙였다. 혹시, 지금 와줄 수 있어?

나는 전화를 끊자마자 침대를 빠져나왔다. 옷장 문을 열어

벗어두었던 바지에 허겁지겁 발을 끼워 넣었다. 아내는 그런 내 모습을 물끄러미 건너보다가 입을 열었다. 뭐 하냐.

뭐 하긴, 가봐야지. 나는 바지춤을 끌어올리며 대꾸했다. 집에 도둑이 들었다잖아.

경찰에 신고하라 그래. 아내는 한심하다는 듯 인상을 찌푸렸다. 그게 빨라. 여기서 망원동까지 가려면 족히 한 시간은 걸릴 텐데.

도둑이 아닐지도 모르잖아. 나는 아랑곳하지 않고 옷걸이에 걸린 스웨터를 끄집어 내렸다. 새벽이라 안 막혀서 금방 갈 거야. 30분도 안 걸릴걸.

아내는 허, 하고 짧게 웃었다. 그래서 지금 가겠다고? 영지 씨한테?

나는 스웨터에 목을 넣다 말고 우뚝 멈춰 섰다. 아무 대답도 하지 않았다. 보지 않아도 아내의 싸늘한 시선을 느낄 수 있었다. 시간이 멈추기라도 한 듯 우리는 얼마 동안 꼼짝도 하지 않았다. 내가 먼저 움직일 기미를 보이지 않자 결국 아내는 덮고 있던 이불을 발로 걷어차며 일어섰다. 아오, 개새끼. 양손을 말아 쥔 채 나를 향해 뚜벅뚜벅 걸어왔다. 대체 뭘 훔치러 왔대? 이 오밤중에. 아내는 옷장에서 자신의 더플코트와 붉은색 머플러를 꺼내 들었다. 순식간에 나갈 채비를 마친 다음 화장대 앞으로 가 앉았다. 걸리기만 해, 진짜. 입술에 립

스틱을 바르며 씹어뱉듯 중얼거렸다. 다리몽둥이를 아주 분질러놓을 테니까.

*

두 사람은 엘리베이터를 타고 지하주차장으로 내려갔다. 승강기 안에서 그는 초조함에 한쪽 다리를 덜덜 떨었고, 그녀는 뭔가 쥐어뜯고 싶은 심정에 코트 깃을 연신 어루만졌다. 한밤의 주차장은 쥐 죽은 듯 고요했다. 그가 텅 빈 복도를 가로질러 운전석 쪽으로 향했을 때, 그녀는 소리를 질렀다. 제정신이야? 그녀는 성난 기세로 뚜벅뚜벅 걸어가 남편의 손에서 차 키를 낚아챘다. 거울 좀 봐, 당신. 아직도 얼굴이 빨개.

둘은 범퍼가 살짝 찌그러진—얼마 전에 백화점에서 뺑소니를 당한—흰색 승용차에 올라탔다. 그녀는 시동을 걸기 직전에 마지막으로 확인하듯이 물었다. 그러니까 지금 우리가 영지 씨한테 가야만 하는 거지?

그는 그게 무슨 질문이라도 되느냐는 듯 잠시 동안 눈을 깜빡거렸다. 그렇지.

도둑을 잡으러?

으음. 그는 귀 뒤를 긁적였다. 아마도.

도둑이 없으면?

그럼 다행이고.

여보. 그녀는 가느다랗게 한숨을 뱉어냈다. 생각 좀 하고 말해. 한번 가면 다시는 돌아오지 못할 수도 있으니까.

그게 무슨 말이야.

글쎄. 그녀는 운전대를 거머쥐며 시동을 걸었다. 아까 본 드라마 대사야.

승용차는 아파트 단지를 빠져나와 도로 위를 달렸다. 차바퀴가 돌기 시작한 순간부터 두 사람은 서로 한마디도 나누지 않았다. 도시는 짙은 어둠 아래 잠들어 있었다. 늦은 시간이라 거리는 텅 비어 있었고, 그의 말마따나 망원동까지는 30분도 채 걸리지 않을 듯했다. 그녀는 그 사실이—그 와중에 남편의 계산이 꽤 정확했다는 사실이—몹시 못마땅했지만 일언반구조차 하지 않았다.

그동안 그는 창밖에 시선을 둔 채 생각에 잠겨 있었다. 듬성듬성 세워진 가로등 너머로 무거운 장막처럼 내려앉은 어둠의 복판을 골똘히 응시했다. 그는 몇 시간 전에 영지를 만났고, 자정이 지난 지금 다시 영지를 만나러 가는 일에 대해 생각했다. 헤어진 뒤 반나절도 채 지나지 않아 이렇게 다시 그녀를 보러 간 적이—10년 동안—단 한 번도 없었다는 사실을 깨달았다. 연애하던 당시에도 없었지. 그러자 갑자기 뭔가 달라지고 있다는 기분이 들었는데, 그게 무엇인지 도통 알

수가 없었다. 그는 문득 자신을 에워싼 어둠이 낯설게 느껴졌고, 그 생경한 감각 속에서 영지가 술주정처럼 늘어놓았던 이야기를 떠올렸다. 어쩌면 그것이 심상한 하소연이 아니라 어떤 은밀한 요청이었을지 모른다는 생각이 뒤미쳤다.

무릇 관계란 오래될수록 견고해지는 것이 아니라 무르고 허술해지기 마련이다. 영지는 어쩌면 우리도 이런 식으로 느슨해지다가 한순간에 툭 끊어져버리고 말겠지, 별것 아닌 일을 계기로 영영 볼 수 없게 되겠지, 라는 이야기를 하고 싶었던 걸지도 몰랐다. 그러니까 오늘 같은 일을 계기로 말이다. 그건 무서워, 이쪽으로 와줘, 라고 부탁하는 상대에게 음, 시간이 애매한데, 멀기도 하고, 그게 그렇게 무섭냐, 라고 퉁명스레 대꾸하는 순간에 벌어지는 일 같은 것. 이 세계에서 단 두 사람만이 감지하게 될 무한한 거리의 확장을 의미할 터였다. 그러므로 조금 전에 걸려온 영지의 전화를 외면한다는 건, 아니 외면한다기보다 그것에 적극적으로 동조하지 않는다는 건 사전에 주어진 경고를 무시하는 처사가 될 것이었다. 도둑이 들었다는 이야기는 하나의 테스트일지도 모르겠다고, 그는 결론을 내렸다. 그러나 정확히 무엇을 테스트하는 건지는 끝내 알아내지 못했다.

한편 그의 아내는 오랜만에 운전대를 잡은 탓에 다소 긴장한 상태로 차를 몰고 있었다. 호젓한 도로 환경에도 불구하고 양어깨를 꼿꼿이 세운 채 전방을 주시하느라 여념이 없었다. 그녀는 예전부터 남편과 영지의 관계를 마뜩잖아했다. 수상한 낌새나 언질이 있었다기보다 두 사람 같은 관계를 주위에서 한 번도 보거나 듣지 못한 탓이었다. 그러니까 한때 사귀었다가 다시 친구처럼 만나는 사이인데, 당사자들은 친구도 뭣도 아니라고 주장하는, 제삼자가 보기에도 얼추 그런 것 같긴 한데, 그럼 대체 뭐 하러 만나는지 알 수가 없는 관계 말이다.

남편은 영지와 약속을 조율하는 단계에서부터 늘—자발적으로—그녀의 허락을 구했다. 만남을 가진 후에는 장소와 시간, 식사 메뉴, 나누었던 대화에 관해—한 번도 물어본 적이 없는데—상세하게 보고했다. 그때마다 그녀는 자신이 꽉 막힌 사람처럼 굴게 될까 봐 모종의 인내심을 발휘해야 했다. 영지가 해준 이야기라며 쉬지 않고 떠들어대는 남편의 입을 손바닥으로 후려치고 싶었던 적이 한두 번이 아니었다. 사정을 아는 친구들은 그거 아닌가, 정신적 불륜, 요즘 그런 사람들 많다던데, 하고 우스갯소리처럼 떠들어댔다. 그녀는 두 사람이 그런 관계일 뿐이라면—고작 정신적 교감일 뿐이라면—아무래도 상관없다고 생각했다. 어차피 그는 내 것이니까. 우리는 서로의 소유이고, 그것은 결코 일방적으로 해지되지 않는 계약과 공증에 의한 것이니까. 그녀는 그렇게 믿어보려 노력했고 거의 믿을 뻔했다. 적어도 어젯밤까지는.

그런데 이건 무슨 꼴이람. 그녀는 운전대를 쥔 자신의 두 손을 멀거니 내려다보았다. 하다 하다 이제는 손수 남편을 갖다 바치고 있지 않은가.

오래지 않아 둘은 목적지에 도착할 수 있었다. 그녀는 남편의 안내에 따라 골목 끝에 위치한 공사장 뒤편에 차를 세웠다. 그는 차 문을 열고 내리자마자 초조한 기색으로 앞장서 걸었다. 길 끝에 위치한 낡은 빌라 건물로 거침없이 뛰어들어갔다. 그녀는 말없이 남편의 발뒤꿈치만 노려보며 계단을 올랐다. 남편의 이야기 속에서만 존재하던 영지를 실제로 만나는 건 이번이 처음이었다. 마주치면 무슨 말부터 꺼내야 할까. 그녀는 계단을 오를수록 목덜미가 뜨거워지는 것을 느꼈다. 일단 머리채부터 휘어잡을까.

이윽고 층계 끝에 옥상으로 통하는 녹슨 철문이 나타났다. 그 옆에 잔뜩 웅크리고 앉아 있는 한 여자가 보였다. 희고 평퍼짐한 점퍼에 검은색 크로스백을 멘 차림새가 영락없이 가출한 고등학생 같았다. 영지는 두 사람의 인기척을 느끼자마자 고개를 들어올렸다. 자리에서 엉거주춤 일어서더니 그를 알아보곤 아이처럼 말갛게 웃어 보였다.

순간 그녀는 자신이 와서는 안 될 곳에 와버렸다는 기분이 들었다. 찰나에 불과했으나 자신이 내연녀이고, 두 사람이 진짜 부부 같다고 느꼈다. 그 소외감은 뜻밖에도 노여움이 아니라 절망적인 무력감으로 이어졌다. 그녀는 그대로 돌아서서 계단을 내려간 다음 차를 몰고 아주 먼 곳으로 떠나버리고 싶다는 충동을 느꼈다. 한밤중에 뭔가를 도둑맞은 사람은 영지가 아니라 바로 자신일지도 모르겠다는 생각이 들었다.

아, 같이 오셨군요.

그런데 영지는 그가 아닌 그녀를 향해 다가왔다. 초면임에도 마치 오랫동안 알고 지낸 사이처럼 그녀의 오른손을 덥석 움켜잡았다. 순간 그녀는 놀랐다. 영지의 손이 얼음장처럼 차가웠기 때문만은 아니었다. 냉기가 그토록 투명하고 솔직한 감각일 수 있다는 사실에 그녀는 당혹스러움을 느꼈다. 그녀는 영지의 부르튼 입술 사이로 뿜어져 나오는 허연 김, 색이 누렇게 바랜 점퍼와 지푸라기가 엉겨 붙은 단발머리 따위를 빠르게 일별했다. 그러고 나니 자신을 붙들고 있는 여윈 손가락에서 잔물결 같은 떨림이 고스란히 느껴졌다. 그녀는 얼결에 입을 열었다. 어머, 괜찮으세요?

죄송해요. 영지는 다소 허둥대며 말했다. 아까부터 이러고 있었는데…… 아무래도 도둑은 아닌 것 같아요. 제가 급하게 외출하느라 불도 안 끄고 문도 안 잠근 것 같달까. 한참 동안 추위에 시달렸는지 영지의 목소리가 맥없이 흔들렸다. 제가 미쳤나 봐요. 술을 끊든지 해야지 정말. 번거롭게 해드려서 죄송해요.

아니에요. 도둑이 아니라니, 천만다행이에요. 그녀는 망설이다가 영지의 손을 가볍게 맞잡았다. 그런데 왜 계속 이러고 계셨어요. 감기라도 들면 어쩌려고.

차마 들어갈 수가 없었어요. 그제야 영지는 긴장이 풀린 듯 왈칵 눈물을 쏟아냈다. 도둑이 아니란 걸 알면서도, 엄두가 안 나더라고요. 겁이 나서…… 정말 죄송해요.

아. 그녀는 낮게 탄식하며 주위를 두리번거렸다. 자신의 머플러를 벗어 영지의 목에 둘러주며 말했다. 괜찮아요. 이제 같이 들어가봐요. 빨리 몸 좀 녹여야겠어요. 당신, 뭐 해? 남편을 향해 소리쳤다. 앞장서. 먼저 집에 들어가서 어떤지 좀 살펴보라고.

그때까지 두 여자를 멀뚱히 지켜보기만 하던 그는 아차 싶은 얼굴로 옥상으로 뛰어나갔다. 장독대 옆에 세워져 있던 빗자루를 움켜쥐었고, 조심스레 옥탑방 문을 열어젖혔다. 그는 8평 남짓한 방과 욕실, 옷장 속까지 꼼꼼하게 살펴보았다. 아무도 없었다. 누군가 침입한 흔적조차 찾아볼 수 없었다. 뒤따라 집 안을 둘러본 영지의 말에 따르면 잃어버린 물건도 없는 듯했다. 모르는 거예요. 그러자 그녀가 말했다. 한참이 지나서야 알게 될 수도 있어요. 뭘 도둑맞았는지는요.

그녀는 옷장에서 담요를 꺼내 와 식탁 의자에 앉은 영지의 무릎에 덮어주었다. 그러곤 찻주전자에 물을 받아 가스레인지 위에 올려놓았다. 찬장을 뒤져 히비스커스 티백을 세 개 찾아냈고, 어머 저도 이 브랜드 좋아하는데, 하면서 영지를 향해 미소를 지어 보였다. 그동안 그는 밖으로 나가—아내의 말대로—옥상 주변을 한 바퀴 돌아보았다. 수조 탱크 뒤편과 옥상 난간 아래쪽까지 꼼꼼하게 훑었다. 아무도 없었다. 인적은커녕 개미 새끼 한 마리 보이지 않았다. 그러자 그는 안심이 되면서도 묘한 서운함을 느꼈다. 어째서 서운한가. 그런 의문이 들었으나 그것에 대해 오래 생각해보진 않았다. 그는 방으로 돌아와 영지 옆자리에 걸터앉았다.

언니라고 불러도 될까요. 한결 안색이 밝아진 영지가 입을 열었다.

그럼요. 편하게 해요. 그녀는 영지의 맞은편 자리에 한쪽 무릎을 세우고 앉았다. 얼마나 추웠을까. 아직도 떨고 있네요. 오른손을 길게 뻗어 영지의 머리카락을 귀 뒤로 넘겨주었다.

고맙습니다. 덕분에 많이 나아졌어요.

다시 혼자가 되면 무서울 거예요. 잠도 못 이룰 거고. 그녀는 잠깐 생각해보더니 덧붙였다. 안 되겠어요. 우리가 밤새 같이 있어줄게요.

그는 합의되지 않은 발언에 놀라 아내를 쳐다보았다. 하지만 그녀는 남편에게 눈길조차 주지 않았다.

주전자 뚜껑이 달각거리며 김이 뿜어져 나왔다. 그녀는 세 개의 머그잔에 차례대로 찻물을 따랐다. 세 사람은 각자 자신의 머그잔 속에서 은은하게 퍼져나가는 진홍빛 너울을 내려다보았다. 좋네요. 영지가 중얼거리듯 말했다. 이렇게 같이 있으니까 좋아요.

그래요? 그녀는 다정한 목소리로 응했다. 좋다니 저도 좋네요.

누군가 함께 있어주는 것뿐인데, 한결 마음이 놓여요. 조금 전까지 차갑고 어두운 구석에서 혼자 오들오들 떨던 시간이 다 거짓말 같고…… 전에는 이런 적 없었는데.

그동안 룸메이트가 없었나요?

아, 그게 좀. 영지는 볼을 붉적이다가 말을 이었다. 부모나 형제 사이도 아닌데…… 너무 가까이 지내는 게 부담스러웠어요. 같이 살면서 서로를 조금씩 미워하게 될까 봐요.

그녀는 머그잔을 들어 천천히 차를 한 모금 삼켰다. 그럴 수 있죠. 지나는 투로 말했다. 그래도 없는 것보다는 있는 게 나을 텐데.

어쨌든 감사해요. 늦은 시간에 여기까지 와주셔서요. 영지는 그녀를 향해 가볍게 웃어 보였다. 오빠도요. 고개를 돌리면서 그의 손등을 살짝 건드렸다. 그날 처음으로 두 사람의 눈이 마주쳤다. 그는 테스트가 끝났다는 느낌을 받았다.

왜 또 얼굴이 빨개져. 그녀가 놓치지 않고 지적했다.

무슨. 그는 손등으로 제 눈가를 비벼댔다. 아무것도 아니야.

어머, 눈이 오네요. 그때 영지가 말했다.

그들은 고개를 돌려 부엌에 난 창문을 올려다보았다. 새까만 하늘을 배경으로 흰 눈이 무더기로 쏟아져 내리고 있었다. 그해 첫눈이었다. 바깥바람이 센지 스테인리스 재질의 창틀이 짧게 덜컹거렸다. 메마른 나뭇가지가 벽돌 담장을 긁어대는 소리도 희미하게 들려왔다. 세 사람은 눈 내리는 광경을 처음 본 아이들처럼 입을 벌린 채 그 모습을 지켜보았다.

정말이네. 기상예보에 없었는데. 그가 나직이 말을 꺼냈다.

예보가 그렇지, 뭐. 그녀가 대꾸했다.

늙었나 봐요. 영지가 창밖 풍경에서 눈을 떼지 못한 채 말했다. 하나도 기쁘지가 않아요. 언제부터인가 눈 내리는 걸 보면 차가 막히겠구나, 세상이 얼어붙겠네, 바닥을 쓸어야겠구나, 뭐 그런 생각만 들거든요. 귀찮아요.

그렇지. 그가 말을 받았다. 사람들도 막 넘어지고.

그래도 예쁘잖아요. 그녀가 끼어들었다. 1년에 한 번 될까 말까일 거예요. 이렇게 눈 내리는 광경을 여유롭게 볼 수 있는 기회 말이에요. 바빠서 제대로 한 번 못 보고 지나는 해도 있지 않아요? 그렇게 말하고 나니 그녀는 마치 자신이 오래전부터 눈을 기다려온 사람처럼 느껴졌다. 창밖의 눈이 마냥 반갑고 아름답게만 보였다.

그러게요. 영지가 고개를 끄덕였다. 그렇게 생각하니까 좋네요. 좋다니 좋아요.

주홍빛 조명등이 세 사람의 머리 위에서 잘게 흔들렸다. 시계 초침 소리가 고요해진 방 안을 일정한 간격으로 두드리고 지나갔다. 어지럽게 휘날리던 눈발은 시간이 흐르면서 차츰 뜸해졌다. 어느덧 새벽 2시 50분이었다. 그들은 창문에서 시선을 거두어 다시 각자의 머그잔을 들여다보았다. 문득 나른한 상실감이 넘실거리며 밀려왔다. 혀에 꺼끌꺼끌한 감촉과 함께 남은 히비스커스의 맛은 시큼하고 달았다. 그들은 이제 자신들이 무엇을 더 할 수 있을지에 대해 생각해보았다. 이불을 펴고 각자 잠드는 것 외에는 할 일이 아무것도 남아 있지 않은 듯했다. 그러나 이대로 잠들고 싶진 않았다. 자고 일어나면 아침 햇살에 모든 것이 녹아 사라져 있을 것만 같았다. 그들은 다시 애매한 사이로, 낯선 관계로 돌아가 있을 것이다. 다시는 서로 만나려 하지 않을 것이고, 만날 수도 없을 것이다.

세 사람은 고개를 들어 희박해져가는 눈발을 올려다보았다. 그러고 있으니 점차 무언가를 기다리는 심정이 되어갔다. 실제로 그들은 기다렸다. 마치 사진 찍히기 직전의 사람들처럼 꼼짝도 하지 않은 채, 어떤 신호가 들려오기만을 귀 기울이며, 그들은 무엇을 기다리는 줄도 모르면서 지극한 마음으로 기다렸다.

빛과
물방울의 색

우거진 이파리들 사이로 잘게 부서져 내리는 빛. 그 아래에서 두 눈을 감고 있으면 네가 떠오르곤 했다. 아마도 살갗에 내려앉은 온기가 내 안의 물기를 뭉근히 데워 증발시키는 감각 탓이었겠지. 그때마다 나는 조금씩 바삭해지며 너를 잃었다. 잊는 기분에 사로잡혔다. 다시는 너를 만나지 못하리라는 예감에 무릎이 툭 꺾일 것만 같았어. 그러니까 그날, 늦여름의 태풍이 짙은 먹구름을 몰고 온 그때처럼, 네가 내 앞에 나타날 일은 더 이상 없으리라는 확신이 나를 말라붙게 만들었다. 야위게 했고, 덕분에 내 삶은 옥상 난간에 널어두고 까맣게 잊어버린 솜이불처럼 수척해져…… 누군가의 수거를 기다리는 형태로 남아 있다. 기약 없이, 그 어떤 기대도 없이.

*

    첫 직장에서 권고사직을 당하고 두 달여의 시간이 지났을 무렵이었다. 중국 상하이를 관통하며 북상한 태풍 유유의 영향으로 그해 8월 서울에는 일주일 넘게 비가 내렸다. 유유는 중국에서 제출한 태풍명으로 '황당무계한, 셀 수 없이 많은, 아득히 먼'이라는 뜻을 지녔다고 했다. 그러니까 황당무계할 정도로 많은 풍수해가 들이닥쳐 모든 것을 아득히 먼 곳으로 쓸어 가버린다……는 뜻은 아니고 그저 어감처럼 부드럽고 완만하게 흘러가주었으면 하는 소망을 담은 작명이라고 했다. 그러나 유유는 발생과 동시에 필리핀과 대만을 휩쓸며 갖은 인명 피해를 일으켰고 일본 남부와 한국에는 69년 만의 기록적인 장마를 몰고 왔다. 어떤 의미로든 곳곳에 '유유'한 상황이 벌어졌으니 과연 이름값은 하는구나 싶었는데, 이제 와 생각해보면 왜 하필 그때였을까 하는 의문이 든다. 어째서 지금이 아니고 그때여야 한단 말인가. 69년간 단 한 번도 일어나지 않았던 일이 무슨 연유로 인하여 그 여름에만…….

    당시 나는 거의 하루도 빠짐없이 빗발을 헤치고 무교동 스타벅스로 향했다. 그건 실직한 와중에도 아침 일찍 깨어나 출근하고 저물녘까지 근무하던 텐션이랄까, 리듬을 유지하기 위해서였는데, 실상은 한나절 내내 카페 창가에 앉아 책을 읽거나 꾸벅꾸벅 졸거나 무엇도 되지 못할 글을 노트에 끄적이는 것이 전부였다. 그 시기에 나는 목숨을 위협하는 자연재해나 예측할 수 없는 미래보다 나의 무능과 태만을 견딜 수 없었으므로, 더는 나를 해고하지 않을 새로운 직장을 찾거나 자격증 시험을 준비하는 것이 아님에도 매일같이 집을 나와 카페로 향하는 루틴을 멈추지 못했다. 나는 도무지 나를 가만히 내버려둘 수 없었고, 그건 어떤 면에서 증오에 가까운 괴롭힘을 연상시킬 정도였다.

그날 정오에도 나는 얕은 계단참과 일방통행로가 건너다보이는 창가 자리에 앉아 책을 읽고 있었다. 싸늘하게 식어버린 캐모마일 티를 홀짝거렸고, 이따금 뻐근해진 목과 어깨를 스트레칭하며 전면의 유리 벽 너머로 줄기차게 쏟아져 내리는 비를 구경했다. 그렇게 인적이 드물고 어두컴컴해진 거리를 내다보며 누구와도 소통하지 않은 채 오랜 시간을 지내다 보면 어느 순간 나 자신은 물론이고 나를 에워싼 이 세계가 비현실적인 색채와 감촉으로 엄습해오곤 했다. 그때마다 나는 당장에 내가 죽어버려도, 공상과학영화에서 본 것처럼 내 육신이 낱낱의 입자가 되어 흩어져버려도 전혀 놀라지 않을 것만 같은 비감에 사로잡혔다. 급작스러운 회한은 점심 식사를 마치고 카페로 몰려들었던 직장인들이 하나둘 사무실로 돌아가고 나서야 맥없이 가라앉았다. 그렇지만 한번 흐트러진 마음을 다잡기란 여간 녹록하지 않아서, 나는 오후 시간이 되면 급격한 집중력 저하로 책을 읽는다기보다 그저 응시하는 상태가 되었다. 하필 그렇게 눈이 반쯤 풀려 있을 즈음 누군가 나를 향해 다가오는 기척을 느꼈다. 처음에는 카페 앞을 지나치는 행인이려니 하고 신경 쓰지 않았는데—계속 졸았는데—이내 테이블과 책뿐이던 내 시야 안으로 붉은색 스니커즈의 앞코가 나타났다.

똑똑.

유리 벽을 두드리는 소리에 놀라 고개를 들어보니 네가 나를 내려다보고 있었다. 하얀 리넨 셔츠에 연갈색 면바지, 미소를 지을 때 왼쪽 볼에만 생기던 보조개까지 네가 분명했다.

내가 넋 놓고 바라만 보는 사이, 너는 장난기 어린 몸짓으로 내 앞을 지나갔다. 출입문을 열고 들어와 창가 자리로 다가왔다. 일순 네가 몰고 온 서늘하고 축축한 바깥 기운에 나는 어깨를 움츠렸다.

"뭐야, 너. 왜 왔어?"

"그냥. 지나가는 길에 보여서."

"지나가, 그럼."

"시간이 좀 남기도 해서."

너는 서글서글하게 웃으며 내 옆의 의자를 당겨 앉았다. "책 읽고 있었네." 스스럼없이 오른손을 뻗어 내 앞에 놓인 연보랏빛 책자를 움켜쥐었다. 표지를 들춰 제목을 확인하려고 했다.

"안 돼." 나는 반사적으로 그걸 낚아채 올렸다. 앞면과 책등이 보이지 않도록 품에 꼭 끌어안았다.

"뭔데 그래. 보여줘."

"알 거 없잖아."

나는 그대로 상체를 틀어 의자 등받이에 걸어두었던 검은색 백팩에 책을 쑤셔 넣었다. 보여줘도 그만이었으나 괜히 그랬다. 이제 와서 생각해보면 너는 내가 읽던 책의 제목을 확인한 뒤 자연스레 대화를 이어가려 했던 것 같다. 아는 책이면 아는 척을 하고, 모르는 책이면 그것에 관해 질문을 던지는 방식으로 어색한 분위기를 풀어가려 했던 것 같다. 그렇지만 5년 전, 너에게 연락 두절이라는 방식으로 난생처음 연애의 끝을 경험하고 주체할 수 없는 분노에 사로잡혀 머리를 빡빡 밀어버린 다음 입대한 기억을 트라우마처럼 지니고 있는 내가 별안간 나타난 너에게 읽던 책 제목 따위를 알려주고 싶을 리 없었다. 제목은커녕 등장인물이나 줄거리, 하다못해 책 가격이나 사은품 정보조차 너와는 일절 공유하고 싶지 않았고…… 이제 우리가 주고받을 것이라고는 주먹다짐 정도밖에 남지 않은 것 같은데 어째서 네가 감히…….

우리는 나란히 앉아 창밖을 내다보며 침묵을 지켰다. 진녹색 줄무늬가 그려진 차양 끝에 아슬아슬하게 매달린 물방울이 바닥으로 떨어져 내리는 궤적을, 그것이 우묵한 자리로 흘러 만든 웅덩이를 말없이 바라보았다.

"나는 네가 죽은 줄만 알았어."

무심코 뱉은 말에 너는 귀 뒤를 긁적이다가 대답했다. "죽었는데."

"재미없거든."

"진짜야. 좀 됐어." 그러면서 너는 주위를 두리번거렸다. 바로 뒤편의 테이블로 걸어가 어느 손님이 치우지 않고 남겨둔 접시 위의 나이프를 집어 들었다.

"잘 봐."

너는 그걸 단박에 왼쪽 가슴에 찔러 넣었다. 정확히는 심장과 빗장뼈 사이에 칼날을 절반 정도 박아 넣었다. 나는 차마 입을 다물지 못했다.

너는 내 표정을 건너다보며 씨익 웃었다. 나이프가 박힌 가슴을 보란 듯이 내밀었고 좌우로 흔들기까지 했다. 그러고는 천천히 나이프를 뺐다. 은빛 칼날에 피가 한 방울도 배어 나오지 않았다.

그때 자리에서 일어나 도망쳤어야 했다. 미친 새끼 아냐, 이거. 네 머리를 한 대 후려치거나 욕이라도 퍼부었어야 했다. 돌이켜보니 너한테 맺힌 억하심정을 풀 수 있는 타이밍은 그때뿐이었다.

"진짜네." 나는 갈라지는 목소리로 더듬더듬 말했다. "정말 죽었나 보네." 시선을 어디에 두어야 할지 몰라 잠시 우왕좌왕했다.

"어." 너는 담담한 어조로 대꾸했다. "완전히는 아니고 반쯤."

"반?"

"아니, 그보다는 훨씬 더 죽었는데…… 어쨌든 아슬아슬하게 살아 있긴 해."

너는 쥐고 있던 나이프를 도로 접시에 내려놓았다. 그러다가 어떤 생각이 들었는지 시무룩한 표정으로 어깨를 축 늘어뜨렸다. 천장의 할로겐 조명이 칼날에 반사되어 너의 두 눈에 동그랗게 맺혔다. 잠자코 있던 나는 분위기를 전환할 겸 다른 말을 꺼냈다. "뭐 좀 마실래?"

너는 언제 그랬느냐는 듯 배시시 웃으며 다가왔다. "빨리도 물어보시네."

"돌체 라테 좋아했지?"

"아니, 그거 말고." 너는 위 건강에 좋지 않아 카페인을 끊었다면서 마스카르포네 티라미수 케이크가 먹고 싶다고 했다.

"마스카…… 뭐?"

나는 그런 게 있기는 하나 싶어서 진열장 앞으로 다가갔다. 연노란 조명 아래 은은하게 반짝이는 청록색 탄산수병과 투명한 플라스틱 상자에 담긴 베이컨 포테이토 샐러드, 색색의 과채 음료 뒤편에 하나 남은 마스카르포네 티라미수 케이크를 발견했다.

죽은 사람 소원도 들어준다는데.

케이크를 받아 자리로 돌아왔을 때, 정작 너는 그걸 먹는 둥 마는 둥 하더니 금세 포크를 내려놓았다. 돌이켜보니 티라미수의 말랑말랑한 식감을 좋아한 적 없다고 했다.

그제야 내가 알던 그 인간이 맞구나 싶었다. 좋아죽을 것처럼 달려들어 쪽쪽거릴 땐 언제고 느닷없이 나를 밀쳐내던 너의 손바닥, 실룩거리기만 할 뿐 좀체 열리지 않던 입술, 아무리 문자메시지를 보내도 한 번을 응답해오지 않던 순간들이 머릿속을 스쳐 지나갔다. 너는 너만 알지. 나는 나만 알고. 마지막으로 만났던 밤에는 공원 벤치에서 그런 말을 툭 뱉기도 했었다.

나는 네가 내려놓은 포크를 움켜쥔 채 케이크를 퍼먹기 시작했다. 고소한 크림치즈와 커피 향이 입 안을 가득 채웠으나 그 풍미를 느끼기도 전에 삼켜버렸고, 전부 삼키기도 전에 다른 조각을 입에 쑤셔 넣었다. 순식간에 절반 가까이 먹어치웠다.

"왜 억지로 먹는 거야?"

네가 물었을 때 나는 너를 쳐다보지도 않았다.

"음식 남기면 못써. 나중에 지옥 가서 다 먹는 거 몰라?"

기어이 한마디 뱉어놓고는 아차 싶었는데, 뜻밖에 너는 무 감한 얼굴로 끄덕거렸다. "그렇다며." 느릿한 어조로 덧붙였 다. "그래도 나중이 무서워서 지금 억지로 먹는 건…… 좀 아 닌 거 같아."

나는 아랑곳하지 않고 케이크를 마저 먹었다. 음료 없이 먹 으려니 뒷맛이 다소 느글거렸으나 조금도 내색하지 않고 끝 까지 해치웠다. "나중이 무서워서가 아니야." 냅킨으로 입가 를 눌러 닦으며 말했다. "그냥 현재에 충실하려는 거라고."

"사실 나는 무서워." 너는 중얼거리듯 말했다.

"뭐가."

"나중이."

나는 쥐고 있던 냅킨을 절반으로 접었다. "어차피 죽었…… 아니, 거의 죽었다면서 뭐가 그렇게 무섭대." 나는 접은 냅킨 을 한 번 더 반으로 접었고, 대각선으로 또 접어서 이등변삼 각형 모양을 만들었다. 그것이 제힘으로 펴지려고 할 때마다 검지로 모서리 부분을 꾹꾹 눌렀다. "그러니까 네가 지금 이 정도로 살아 있다는 거지?"

너는 그것을 골똘히 들여다보다가 제 앞으로 가져가서는 반으로 접었다. "으음." 성에 차지 않는지 한 번 더 접었다. "이 정도일 것 같은데."

나는 엄지손가락보다 작아진 그 삼각형을 내려다보며 이게 뭘까, 생각했다. 그러니까 이 정도로 살아 있다는 것은 무엇이고, 이보다 몇 배는 더 살아 있다는 것은 무엇일까 생각했다. 한 사람의 생을 길이가 아니라 면적으로 환산했을 때, 최초의 상태에서 반의반의 반의 반이 되어버린 너를 대체 뭐라고 부를 수 있을까. 이것은 나와 얼마나 다른 생의 크기인 걸까. 나는 지금 내가 얼마만큼 살아 있는지 안다고 말할 수 있을까. 그러니까 나는 적어도 반의반의 반의반……까지는 아닐 거라고, 적어도 너보다는 나을 거라고 멋대로 나를 추정해도 괜찮은 걸까. 착각해도 괜찮은 걸까. 그렇지만 우리 사이에 놓인 그 빌어먹을 삼각형을 내려다보고 있자니 나 역시 너와 별다르지 않은 상태이리라는 예감을 떨쳐내기 어려웠다.

"비가 그치려나 봐."

그러다가 네 목소리에 고개를 들었을 때, 빗줄기가 차양을 두드리던 소리는 사뭇 잦아들어 있었다. 거리의 안개는 희미하게 옅어진 채였고, 물웅덩이에 일던 파문은 사라지고 없었다.

"아직 안 되는데." 너는 나직이 덧붙였다.

"그치면 좋지, 왜." 나는 건널목의 플라타너스가 바람에 휘청이는 모습을 바라보았다. 마른 잎사귀 하나가 가지 끝에 매

달려 떨어질 듯 말 듯 위태로웠다. "혹시 너."

고개를 돌려보니 너는 사라지고 없었다.

*

빗줄기는 멈추지 않았다. 눈에 띄지 않을 만큼 가늘어졌다가 굵은 빗방울로 변해 떨어지길 반복했다. 나는 집으로 돌아와 늦은 저녁으로 끓인 진라면 순한맛을 냄비째 식탁에 올려놓았다. 주전자에서 보리차를 한 잔 따랐고 수저통에서 젓가락을 챙겨 들었다. 식사를 하려고 자리에 앉았을 때 안방에서 졸다가 깬 엄마가 문을 열고 비척비척 걸어 나오는 모습이 보였다. 엄마는 내 맞은편 의자에 앉아 마른세수를 하더니 나를 멀거니 바라보았다.

대체 언제까지 이러려는 걸까.

몇 달 전부터 엄마는 미싱 일을 마치고 집에 돌아오면 텔레비전 대신 휴대전화로 온갖 유튜브 채널을 시청했다. 건강 정보, 시사 상식, 오늘의 유머, 토정비결 따위를 가리지 않고 보았다. 그중 한 채널에서 부당 해고를 당한 삼십대 남성이 정동성 우울증에 걸린 사례를 다룬 모양이었다. 하루에 10분, 일상적인 대화를 나누는 것만으로 극단적인 선택을 예방할 수 있다는 임상심리학자의 견해는 돈 한 푼 들지 않는다는 이유만으로 실천되었는데…… 내가 이런 정황을 알고 있다는 걸 엄마는 아는지 모르는지…… 중학생이던 아들의 성 정체성을 알게 되었을 때 이후로 정말 오랜만에 토크에 집착하는 모습을 보였다.

그 밤 이렇다 할 대화 소재가 없었던 나는 엄마에게 너를 만난 이야기를 들려주었다. 죽은 줄만 알았는데, 아니 거의 죽었다는데 케이크를 사달라며 떼를 썼다고, 그래놓고는 고맙다는 인사도 없이 가버렸다고 말이다. 조용히 듣기만 하던 엄마는 이야기 말미에 땅이 꺼져라 한숨을 내쉬었다. "이제는 하다 하다 총각 귀신을 만나니."

"귀신은 아니지. 완전히 죽은 게 아니니까."

엄마는 내 얼굴을 가만히 들여다보다가 쯧 혀를 찼다. "이러다가 내가 먼저 죽겠네." 혼잣말로 중얼거리며 자리에서 일어났다. 행주를 손에 쥐더니 싱크대와 가스레인지의 옆면을 벅벅 문질러 닦았다. "참, 그런데." 무슨 생각이 들었는지 뒤돌아서며 물었다. "걔가 다른 말은 안 했어?"

"무슨."

"번호 여섯 개를 불러줬다거나."

나는 젓가락을 탁 소리 나게 내려놓았다. 어우, 저놈의 성질머리, 생활비 하나 못 보태주면서, 아빠 병원비 빤히 알면서, 좀 참지, 애초에 퍼레이드 같은 데는 뭐 하러 나가, 쫓겨날

구실을 왜 만들어, 같은 말이 뒤통수에 날아와 꽂히는 와중에도 내 방으로 향했다. 문을 걸어 잠갔고, 책상 앞에 앉아 한동안 숨을 골랐다. 노트를 펼쳐 지금 내 안에서 일렁이는 감정을 가능한 한 정확하게 적어보려고 노력했다. 그렇지만 백지 위에 남은 것이라고는 돈, 씨발 돈, 염병할 돈, 돈 같은 단어뿐이었다. 나는 노트 위에 엎드려 눈을 감아버렸다.

그렇게 얼마나 지났을까.

창 너머로 조금씩 거세지는 빗소리가 들려왔다. 정신을 차린 나는 상체를 일으켜 앉았고 잠에서 깨기 위해 두 손으로 눈두덩을 문질렀다. 뜨거워지도록 문질렀고 인기척에 문득 고개를 돌렸을 때는 너와 눈이 마주쳤다. 하마터면 나는 의자 밖으로 넘어질 뻔했다. 너는 책상에 비스듬히 기대서서 노트를 내려다보고 있었다.

"우냐." 너는 놀리듯이 말했다. "울면 뭐 하나. 너만 손해지."

우리는 침대와 책상 사이의 바닥에 마주 보고 앉았다. 너는 침대 모서리에, 나는 책상 서랍에 등을 대는 자세였다. 폭이 좁은 공간이어서 너의 무릎과 나의 발끝이 닿을락 말락 했다. 그러고 있으니 우리가 한방에 함께 있는 게 얼마 만인가 싶었다.

"어떻게 들어온 거야?"

"글쎄." 너는 고개를 갸웃했다. "그냥 현관문 열고 들어왔는데."

"장난치지 말고."

"진짜야. 오랜만에 어머니한테 인사도 드렸어."

나는 눈을 가늘게 뜬 채 자리에서 일어났다. 방문을 열어보니 엄마는 거실 소파에 눕다시피 앉아 휴대전화로 유튜브를 시청하고 있었다. 나른한 얼굴로 접시에 깎아놓은 복숭아를 포크로 찍어 먹고 있었다.

"엄마."

내 부름에 엄마는 고개를 들더니 머쓱하게 웃었다. "안 그래도 갖다 주려고 했어."

"그게 아니라, 방금 영이 봤어?"

"누구?"

"이유영 봤냐고."

엄마는 나를 물끄러미 쳐다보다가 느릿느릿 몸을 일으켜 앉았다. "봤지, 언제야 그게." 왼손으로 목덜미를 주무르면서 말했다. "일요일이었나. 폭설이 쏟아져서 등산 약속이 취소된 날이었지. 집에 와봤더니 너희 둘이 홀딱 벗고……."

나는 문을 쾅 닫고 방으로 들어왔다. 침대에 드러누워 하품을 깨물고 있던 너에게 달려들었다. "뒤질래, 진짜."

"죽여." 너는 어깨까지 들썩여가며 웃었다. "할 수 있으면 해봐."

나는 어이가 없어서 낄낄거리는 네 모습을 내려다보기만

했다. 어쩐지 웃는 게 웃는 것 같지 않아 가슴 한편이 저릿했다. "정말로 죽고 싶은 거야?"

"그런가. 죽고 싶나."

"왜 그러는데."

"몰라."

"왜 몰라."

"너는 알아?"

나는 대답하지 못했다. 그러게. 내가 뭘 알까. 나는 죽음에 관해 아는 것이 하나도 없었다. 네가 어떤 일을 당해 목숨을 잃었는지도 몰랐으니까. 듣기로 너는 나와 헤어지고 몇 달 후 세상을 떠났다. 우리는 고등학교 동창이긴 했으나 한 번도 같은 반이었던 적이 없어서—졸업 후 종로 술 번개에서 우연히 만나 사귀게 되었다—너의 부고는 소문처럼 들려왔다. 자살이래. 나는 믿지 않았다. 혼동이 있었거나 고약한 농담이라 여기고 들은 척도 하지 않았다. 교통사고라던데. 아니야, 시위하다가 옥상에서 떨어졌다고. 공사장에서 일하다가 머리 깨졌다는 애가 걔 아니야? 어느 것 하나 믿을 수 없었다. 스물넷. 그때 나는 나와 같은 나이의 사람이 죽을 수도 있다는 생각을 한 번도 해본 적이 없었다. 상상조차 한 적 없었고…… 그럼에도 동기 중에 누군가 명을 달리했다는 소식은 그 이후에도 잊을 만하면 한 번씩 들려왔다. 이름과 생김새는 알지만 대화 한번 나

뉘본 적 없는 이들의 죽음을—그렇지만 한때 나와 같은 공간에서 같은 시절을 보낸 이들의 죽음을—대체 어떤 식으로 받아들여야 할지 나는 누구에게도 물어볼 수 없었다.

그 시기에 나는 너를 찾아가볼 생각도 하지 않았다. 입대후 처음으로 휴가를 나와서 부고를 접했을 때, 너의 죽음에 관한 실상을 제대로 알아볼 엄두조차 내지 못했다. 나 자신을 추스르기도 버거웠으니까. 어쩌면 미지의 영역에 너를 남겨두고 싶었는지도 몰랐다. 외면하는 방식으로 애도를 유예하고 싶었는지도. 네가 죽었건 죽지 않았건 어차피 우리는 헤어진 사이니까. 이별한 사람들에게 상대방은 이 세상에 없는 존재나 마찬가지니까. 그래, 그런 정도로 남겨두자. 나는 어떤 선 바깥에 너를 내버려두는 방식으로 너를 간직하고 싶었는지도 몰랐다.

그 밤 나는 너에게 마지막 순간을 기억하느냐고 물었다. 어디에서 어떤 일로 목숨을 잃게 되었는지, 누구와 함께였으며 무엇을 하던 중이었는지 기억하느냐고 물었다. 너는 생각해보는 듯하더니 글쎄, 그런 장면은 머릿속에 남아 있지 않다고 했다. 다 지난 일이기도 하고, 실은 별로 떠올리고 싶지도 않다고. 그러더니 얼마 동안 머뭇거리다가 입을 열었다. 그냥 평소처럼 지하철역을 향해 걷고 있었는데, 계단을 내려가 복도를 걷고 있었는데, 어느 순간 눈을 감았다가 떠보니 이렇다 할 속도감이 없었고, 주위가 깜깜해서, 그 상태로 걷다가, 걷고, 한참을 걷기만 하다가, 그만 앉고 싶다, 앉아서 쉬고 싶어, 쉴까, 이대로, 하던 찰나에 저만치 떨어진 곳에서 나를 발견했다고 했다. 주홍빛 조명 아래에서 혼자 책을 읽고 있었다고. 실실 웃더라. 그래서 잠깐 들렀다고 했다. 남은 힘을 다해 내게로 걸어왔다고 했다. 혼자서 뭐가 그리 즐거운지 궁금했다고.

"보여줘."

너는 의자 등받이에 걸어놓은 백팩을 가리키며 말했다. "그때 뭐 읽고 있었어?"

나는 내가 웃었을 리 없다고 생각하면서 백팩을 끄집어 내렸다. 지퍼를 연 다음 안쪽으로 오른손을 집어넣었다. 집게손가락 끝에 책의 뾰족한 모서리가 닿았다. 하지만 나는 꺼끌꺼끌한 겉면을 어루만지기만 했을 뿐, 그걸 꺼내서 보여주지는 않았다. 왠지 책의 제목을 확인하는 순간 네가 사라져버릴 것만 같아서. 아, 그거였구나. 알았다. 이제 알았어. 혼자 기뻐하는 얼굴로 성불해버릴 것만 같아서.

"다음에."

나는 지퍼를 도로 끌어올렸다. "지금 말고 다음에 보여줄게." 끝까지 잠근 다음 백팩을 책상 아래쪽으로 밀어놓았다. 너는 내 얼굴을 멀뚱히 바라보다가 짧게 숨을 몰아쉬었다. 자리에서 일어나 방 안을 한 바퀴 둘러보았다. "그때 사준 곰 인형 아직도 갖고 있었네." "이 사진 찍었을 때가 언제지. 진짜 더웠는데." "베개 커버는 왜 바꾸지를 않는 거야." 너는 그런 말을 두서없이 늘어놓다가 손바닥으로 창틀을 쓱 문질렀다. "여전하구먼." 희부옇게 묻어난 먼지를 내 얼굴 쪽으로 후 불어 날렸다. "청소 좀 하고 살아라."

나는 손사래를 치며 콜록거렸다. "너 가만있어." 주위를 두리번거리다가 침대 아래의 먼지를 두 손으로 긁어모았다. 단숨에 한 주먹 가까이 모을 수 있었다.

반격하려고 일어서보니 너는 사라지고 없었다.

*

다시는 나타나지 않았다.

*

내 생애 가장 긴 주말이었다. 네가 나타나지 않는 동안에도 나는 무교동 스타벅스에 출근 도장을 찍었다. 늘 앉던 창가 자리에 앉아서 책을 읽는 척했다. 그때까지도 태풍이 몰고 온 비는 그치지 않아서 종일 사위가 어둑했다. 나는 어쩐지 밤마다 저수지에 찾아가 허탕을 치는 낚시꾼이 된 기분이었다. 한 번은 네가 나타났던 날과 동일한 상황을 연출하기도 했다. 캐모마일 티를 반쯤 남긴 채 식어가도록 두었고, 당시의 책 페이지를 펼쳐놓은 채 꾸벅꾸벅 졸기까지 했다. 그러나 인기척에 퍼뜩 정신을 차렸을 때 애먼 남자들과 눈 마주치는 일만 반복했다.

지난한 기다림에 지쳐갈 무렵, 책을 덮고 노트를 꺼내 펼쳤다. 오른손으로 볼펜을 쥔 채 지금의 내 마음을 일부라도 적어보려고 노력했다. 그런데 잉크가 도중에 말라붙어 한 문장도 제대로 쓸 수 없었다. 나는 필통을 뒤져 다른 펜을 꺼내 쥐었고 조금 전까지 적으려던 문장을 이어 쓰려고 노력했다. 그런데 가느다란 갈색 선이 얼마간 이어지다가 뚝 끊어졌다. 붉은색 제트스트림은 나올 듯 나오지 않다가 시커먼 잉크를 왈칵 토해내고는 멎어버렸다. 그 탓에 나는 필통 안의 펜들을 모조리 꺼내 하나씩 사용해보면서—형광펜과 사인펜까지 합하니 열댓 개였다—아직 쓸 수 있는 것과 더는 쓸 수 없는 것을 분류하기 시작했다. 뭐랄까. 살아남은 펜은 노트 왼쪽에, 죽어버린 펜은 오른쪽에 두었다. 나누고 보니 과반이 오른쪽에 놓여 있었다. 그중에는 문구점에서 구매할 때를 제외하고 한 번도 사용하지 않은 펜도 있었다. 나는 혼자서 조용히 응고되어갔을 잉크에 대해 생각했다. 언제 불려 나갈지 몰라 어두컴컴한 필통 안에서 내내 준비하는 자세로 기다리다가, 기다리기만 하다가, 그대로 딱딱하게 굳어버렸을 푸른색과 미색, 살굿빛, 연녹색의 엉김과 뭉침을 막연히 머릿속에 그려보았다. 색색의 가능성이 돌이킬 수 없을 지경으로 말라붙어가는 동안 나는 무엇을 하고 있었나. 왜 한번 꺼내 써볼 생각조차 하지 않았나. 그러니 이 모양 이 꼴이 되었지. 뭐 그런 자책을 하고 있었는데…….

"뭐 하냐."

귀에 익은 목소리에 뒤돌아보니 네가 서 있었다. 순간 나는 울음이 나올 뻔했는데, 어금니를 꽉 깨무는 것으로 참아낼 수 있었다.

"왜 이러는 거야." 나는 간신히 말문을 열었다. "나한테 왜 이러냐고."

"뭐가." 너는 영문을 모르겠다는 듯 눈만 끔벅거렸다. "내가 뭘 어쨌는데."

나는 손으로 이마를 짚은 채 한동안 눈을 감고 있었다. 숨을 크게 들이쉬고 뱉어낸 다음 바로 옆 의자를 탁탁 내리치며 말했다. "됐고, 여기 좀 앉아봐."

"아, 그게." 그런데 네가 아랫입술을 핥으며 쭈뼛거렸다. "시간이 좀 애매해서. 금방 가봐야 해."

"어디 가는데."

너는 대꾸하지 않은 채 시선을 바닥으로 늘어뜨렸다.

"언제 오는데."

상체를 앞뒤로 흔들면서 볼만 긁적였다. 나는 더 이상 질문을 할 수 없었다. 내가 원하는 대답을 듣지 못하리라는 예감이 목구멍까지 차오른 탓이었다.

"케이크 사줄까." 나는 가까스로 한 번 더 물었다.

그러자 너는 조그맣게 웃었고, 유리 벽 너머에서는 빗줄기가 쏟아져 내리기 시작했다. 소낙비가 성난 기세로 퍼붓다시피 했다. 갑작스러운 폭우에 노란색 레인코트를 입고 한 줄로 걸어가던 아이들의 짧은 비명 소리가 들려왔다. 카페 점원이 문가로 나가 배수로의 상태를 살폈다. 바닥에서 튀어 오른 물방울들은 유리 벽 곳곳으로 날아와 맺혔다. 수십 개의 물방울에는 아주 조그마한 너와 나의 모습이 담겨 있었다. 우리는 그 안에 함께 있었고, 빛이 머무는 각도에 따라 다양한 색채로 반짝거렸다.

"있잖아." 그때 네가 내 옆으로 다가서며 말했다. "장마는 이걸로 끝이야."

"끝이야?"

"끝이야."

나는 대꾸할 말이 떠오르지 않아 창밖만 내다보았다. 도무지 그칠 것 같지 않은 빗소리에 귀를 기울였다.

"이 비가 멎으면." 너는 차분한 어조로 말을 이었다. "네가 앉은 자리에서 저기, 저 건널목의 빌딩 위로 무지개가 뜰 거야." 손가락을 뻗어 공중의 한 지점을 가리켜 보였다. "저기에서 종각으로, 종묘인가, 아무튼 서쪽으로 길게 이어져 내릴 거야." 그러면서 너는 내 어깨에 손을 얹었다. "그 끝에 한번 가봐."

나는 너를 쳐다보지 않은 채 물었다. "가면 뭐가 있는데."

"아무것도." 너는 싱겁게 웃는 목소리로 말했다. "그러니까 꼭 가봐."

*

네가 사라지고 나서도 한참 동안 나는 그 자리에 앉아 있었다. 네가 말해준 것과 다르게 장마는 그 이후에도 사흘 넘도록 이어졌다. 69년 만의 장마라고 했다. 나는 네가 남긴 말을 확인하기 위해, 따르기 위해 매일같이 그 자리에 앉아 있었다. 그해 태풍 유유는 한반도에서 보름 가까이 머물다가 전라남도 진도 앞바다에 이르러 소멸했다. 마침내 빗줄기가 그치던 날, 늦여름의 장마가 물러나고 너르게 퍼져 있던 암운 사이로 맑은 햇살이 내리비추던 날, 나는 해가 저물고 초승달이 나타날 때까지 그 자리에서 꼼짝 않고 앉아 있었으나 건널목의 빌딩 위로 떠오른 무지개를 보지 못했다. 다음 날에도, 그다음 날에도 보지 못했다. 며칠 후 나는 테이블에 펼쳐놓기만 하고 한 줄도 읽어 내려가지 못하던 책을 그대로 자리에 남겨둔 채 카페를 빠져나왔다. 다시는 그곳으로 돌아가지 않았다.

*

그 일이 있고 나서 종종 의문에 휩싸이곤 했다.
내가 정말로 너를 만나기나 했던 것인지.

*

요즘 나는 새로운 회사에 다니고 있다. 별 같지도 않은 이유로 쫓겨난 나를 안타깝게 여기던 전 직장 동료가 소개해준 곳으로─여기서는 걸리지 마─급히 서류를 제출하고 면접까지 보게 됐는데, 운이 좋은 건지 뭔지 바로 다음 주부터 출근해줬으면 한다는 말을 들었다. 인수인계도 없이 퇴사해버린 전임자의 뒤처리를 하느라 몇 달을 고생했으나 버틸 만해서 버텼고, 무뎌진 건지 괜찮아진 건지 지금까지도 그 회사에 다니고 있다. 부장이 다음 달에 팀 인원을 늘려주겠다고 하는데, 이제 내게도 후배가 생길 예정이라고 하는데 그게 어떤 것인지 지금으로서는 잘 모르겠다. 그때 가봐야 알 것 같고…… 내가 누군가를 책임지고 올바르게 이끌어줄 수 있는 사람인지, 그럴 자격이나 있는지 모르겠다.

그러고 보니 다시 출근을 시작하던 날 아침에도 비가 내렸던 것 같다. 그날 나는 휴대전화 알람이 울리기도 전에 침대에서 몸을 일으켰다. 혼자서 아침을 차려 먹었고, 나갈 준비를 마친 뒤에는 신발장에서 투명한 비닐우산을 집어 들었다. 시간이 넉넉해서 마을버스를 타는 대신 지하철역까지 걸어갔던 기억이 난다. 그날 살갗을 스치던 바람은 서늘한 듯 시원했고, 비에 젖은 화단에서는 로즈메리 향기가 진하게 풍겨 나왔다.

역에서 환승 통로를 지나 에스컬레이터를 타러 가는 길에는 양말을 세 켤레 샀다. 검은색과 빨간색 수성 펜으로 큼지막하게 '폐업'이라고 적힌 A4 용지가 한쪽 벽에 빼곡히 붙은 매장에서였다. 그곳의 주인으로 보이는 등산복 차림의 아주머니와 아저씨는 발목 양말과 스타킹을 2백 원과 5백 원에 팔아야 하는 상황인데도 도무지 슬퍼 보이지 않았다. 두 사람은 실실 웃으면서 폐업입니다, 폐업, 망했어, 사장님이 완전 미쳤어요, 내일 이사 갑니다, 사람 살려, 같은 말을 우스갯소리처럼 떠들었다. 머리 위로 손뼉을 치고 어깨춤까지 춰가면서 사람들을 끌어모았다. 무표정하게 걸어가던 승객들은 발목 양

말이 2백 원, 스타킹이 5백 원이라는 말에 멈춰 섰고 근처를 기웃거렸다. 하나둘씩 바닥에 쪼그려 앉아 산더미처럼 쌓인 물건들을 뒤적거렸다. 나 역시 그들을 비집고 앉아 물건들을 살펴보았다. 회색 양말을 세 켤레 고른 뒤 아주머니에게 돈을 내밀었다.

"다섯 개." 그는 리드미컬한 어조로 권했다. "다섯 개 사면 딱 천 원인데."

"그렇게 많이 필요하진 않아서요."

"다섯 개 사면 하나 더 주는데."

나는 대꾸하지 않고 세 켤레 값만 치른 뒤 그곳을 빠져나왔다. 에스컬레이터를 타고 지상으로 향하는 중에야 뒤를 돌아보았다. 이게 뭐라고. 나는 어째서 두 개를 더 사지 않는 사람일까 생각했다. 폐업이라는데. 망했다는데. 완전 미쳤다는데. 나는 그런 이들에게 고작 몇백 원을 더 주는 것이 아까워서, 서랍에 똑같은 색깔의 양말이 남아도는 것이 꼴 보기 싫어서, 운 좋게 다시 출근하게 된 날 아침에도 왜 이렇게까지…….

너는 너만 알지. 나는 나만 알고.

목적지에 도착해서는 출구를 빠져나와 우산을 쓰고 걸었다. 나는 비닐을 통통 두드리는 빗소리를 들으며 인적이 드문 골목길을 지나갔다. 그러다가 맞은편에서 검은색 장우산을 눌러쓴 남자가 나타났을 때 불현듯이 생각했다. 어디에 있을까. 그가 모퉁이를 돌아 사라지고 나서도 생각했다. 다시 돌아올까.

빗발은 여려지는 듯 거세지기를 반복했다. 처마 밑에 쪼그려 앉아 담배를 피우던 여자가 비를 가늠해보려 희고 여윈 손을 뻗는 모습이 보였다. 습기 찬 공기 속에는 희미한 풀 냄새가 감돌았다. 나는 교차로 횡단보도 앞에 이르러 통행 신호가 떨어지기를 기다렸다. 우두커니 건너편을 바라보다가 우산 끝에 맺힌 빗방울에 시선이 머물렀다. 물방울은 서서히 몸집을 부풀리다가 예기치 않은 순간에 툭 하고 떨어져 내렸다. 가장 크고 분명해졌을 때 미련 없이 그랬다.

그날 나는 손을 뻗어 낙하하는 빗방울을 쥐어보려고 했다. 추락의 궤적을 자꾸만 낚아채려고 했다. 몇 번의 시도 끝에 손아귀에서 맑고 차가운 액체의 감촉을 느낄 수 있었다. 나는 그것을 놓치지 않기 위해 꽉 움켜쥐었다. 쥔 채로 입술 가까이 가져왔을 때에야 내가 가질 수 없다는 걸 알았다.

느리게
추는 춤

마지막으로 한마디 하고 싶었다. 그렇게 헤어지고서 부단히는 아니고 이따금씩 그런 생각이 들었다. 한마디 해야 하는데. 똑 부러지게 마무리를 짓지 못한 느낌이었다. 장황한 서술 끝에 마침표를 찍지 못한 기분. 어느 날 거울을 들여다보다가 옷깃에 인 보풀을 발견하고는 무심코 잡아당겼는데 그게 쭉 늘어나기만 하고 끊어지진 않아서 아이씨 뭔데, 하는 채로 살아가는 기분이었다. 간단히 말해 좆같았는데…… 이 좆같음을 벗어나려면 어떻게든 너에게 한마디 해야 할 것 같았다.

처음에 떠오른 말은 개새끼, 였다.

그것참 간결하고 임팩트 있어 생각만으로 흡족했다. 직접 소리 내어 말하고 듣기에도 흐뭇할 듯싶었다. 음, 그런데 본래 의도대로 전달되지 않을 수 있을 것 같아. 내가 지금 개새끼라고 쏘아붙이려는 까닭은 오롯이 나만 홀가분해지기 위해서인데, 왠지 개새끼라는 말을 들은 너도 아 이것으로 충분하다, 클리어한 것 같아, 라고 느끼며 해방될지 모른다는 우려가 들었다. 무엇보다 아쉬워. 곱씹을수록 함량 미달인 것 같아 나는 개새끼를 단념하기로 했다. 자, 그럼 뭐가 더 있나.

왜 그랬어?

이렇게 질문형으로 가볼까. 그럼 무언가 확장되는 듯 기대해볼 만한 여지가 발생하지. 다소 궁색한 느낌이 없진 않지만 조목조목 캐묻고 싶은 것도 사실이잖아. 그런데 네가 응하지 않으면 어쩌나. 내가 발화한 문장이 너에게 가닿자마자 산산이 부서지고, 네가 바닥에 흩뿌려진 언어의 잔해를 물끄러미 내려다보다가 보기만 하다가 다른 할 일이 생각났다는 듯 휙 뒤돌아서 가버리면 어쩌지. 그리고 잊어. 까맣게 잊어버리면 어쩌나. 어쩌긴. 그럼 나는 허공에 대고 야 이 새끼 씹새끼 엉엉엉, 하고 말 텐데 정말이지 그건 상상만으로 좆같다. 끔찍해. 아마도 너는 내 울음소리조차 듣지 못할 것이다. 듣지 않을 것이다. 그러므로 나는 이미 겪어본 일인 양 두려워 질문형은 피하기로 했다.

그럼 뭐라 할까.

그럴듯한 말이 떠오르지 않아 막막했다. 이별하는 순간에도 그랬지. 그래서 얼결에 잘 가, 라고 인사했던 걸까. 등신같이 웃는 얼굴로 손을 흔들어준 것 같기도. 그날 너는 내 배웅을 받으며 천천히 뒤로 돌아섰다. 순간 연푸른색 셔츠의 검게 젖은 등이 눈에 들어왔어. 유난히 볕이 뜨겁던 여름날이었다. 너는 걸음을 옮기기 시작했고 그렇게 점점 작아지더니 새끼손가락만 해졌다. 어느 순간 상체를 왼쪽으로 틀었고 활짝 열린 문안으로 발돋움질하여 사라졌어.

나는 거기까지만 보았다.

너를 태운 진청색 간선버스가 조금 나아가다가 횡단보도 앞에 멈춰서 신호를 기다리는 동안에도, 네가 교통카드 단말기에 지갑을 갖다 댄 다음 버스 안의 빈자리들을 훑어보며 어디에 앉을까, 저녁으로 뭘 먹지, 따위를 골몰했을 동안에도 나는 온 힘을 다해 네가 있는 쪽을 바라보지 않았다.

네가 가려고 한다.

간다.

갔다.

나는 버스가 남기고 간 소음이 허공을 선회하며 부드럽게 잦아드는 궤적을 느꼈다. 대기에 인 파문이 살갗을 스치며 무력하게 흐트러지는 과정도 느꼈어. 그때 처음으로 이 세계가 나에게서 한 걸음 물러서고 있으며 확고한 거리를 두려 하고 다시는 예전과 같은 몸짓으로 다가와주지 않으리라는 확신이 들었다.

나는 돌아섰다.

내가 가야 할 곳을 향해 걸음을 내딛기 시작했어. 오래지 않아 합정역 4번 출구에 다다를 수 있었다. 나는 가파른 계단을 휘청휘청 내려가면서 와 내려간다 내려가 소스라치게 놀라다가 고꾸라질 뻔한 고비를 몇 번인가 넘겼다. 실수로 발목을 접질렸을 때에는 시큰한 통증에 울음이 터지려 했으나 참았지. 나는 눈물샘이랄까 설움의 분수가 터져 나오려는 기점을 기진맥진한 와중에도 틀어막았다. 한밤중에 강변을 거닐다가 댐의 누수를 발견하고 그 균열을 엄지손가락으로 틀어막았다는 소년처럼 막을 수 있을 때 막았어. 덕분에 짐짓 태연한 얼굴로 몸을 가누며 다음 층계를 내디딜 수 있었다.

지금도 내려가는 중이다.

내려가.

어디까지 내려가게 될까.

문득 그런 의문이 들었다. 어쩌면 더는 내려가지 않을 수도 있을 거야. 바닥이 어디쯤이고 얼마나 곤란한 지경인지는 알 수 없으나 이쯤에서 멈출 순 있어. 하지만 그것으로 족한가. 나는 단지 그만 내려가기 위해서, 고꾸라지지 않기 위해서, 상처 입지 않기 위해서 너에게 한마디 하고 싶은 걸까.

아니,

그런 건 아니고, 나는 해야 할 말을 제대로 하지 못해서 하고 싶은 것뿐이다. 제때 뱉어내지 못한 말이 자꾸만 목구멍 안쪽에 차오르니까. 그것이 매일 아침 식탁에 앉아 마른 밥알을 씹어 삼킬 때나 새벽 어스름에 눈꺼풀이 절로 떠질 때마다 울컥울컥 치밀어 오르는 바람에 삶의 질이랄까 행복지수가 몇 단계는 낮아진 것 같으니까. 도무지 그 정체를 파악할 수 없고 가늠해볼 여지도 없으나 해야만 해서 하고 싶은 것뿐이다.

어쩌면,

그건 네가 한때 나를 진심으로 아껴주었다는 것을, 품에 안을 때면 이걸 어쩌나 하는 눈빛으로 나를 바라봐주었다는 것을, 내가 화를 내면 움찔했고, 적어도 그런 시늉은 했으며, 내가 웃음을 터뜨리면 웃는구나 너는 웃을 때 참 예뻐, 라고 뜨거운 호흡으로 귓가에 속삭여주었다는 것을, 네가 최선을 다해 그리하는 바람에 나도 점차 너에게 그리하게 되었다는 것을, 그러자 너는 서서히 그리하지 않았고 나는 벌충하듯 조금씩 더하게 됐는데, 언제부터인가 나는 네가 화를 내면 말문이 막혔고 애써 태연한 척하느라 하루를 망쳐버렸지만 너는 내가 화를 내면 아 또 시작이다 뭔데, 하며 고개를 숙인 채 휴대전화만 만지작거렸다, 방금 인스타그램에 올라온 거 봤냐 대박, 그런 소리나 하며 낄낄 웃었고 내 얼굴은 쳐다보지도 않

앉어, 혼자서 휴대전화 게임에 몰두하더니 프렌즈팝 명예의
전당에 올라갔다, 나는 그런 너조차 견뎌보고 싶었어, 그런
식으로 꾸준히 형편없어지더라도 괜찮았다, 어느 날 네가 불
의의 교통사고를 당해 반신불수가 되어 나타난다고 해도 중
환자실 침대 머리맡을 지키며 너의 끼니를 챙기거나 기저귀
정도는 갈아줄 수 있을 것 같다고, 그렇게 남은 생을 보낸다
해도 뭐 별수 없지, 라며 어깨를 으쓱하고 마는 내 자신이 좀
기막히고 한심했지만 그것참 이상해, 그런 상상만으로 나는
가슴이 설레곤 했다, 그래, 그 시절의 나는 무엇이든 할 수 있
었어, 너를 위해서, 그런데 나는 너를 처음 만난 순간부터 우
리의 마지막을 예감했는데, 잊지 않기 위해서 몰래 마음을 다
잡곤 했는데, 어쩌다가 그걸 망각해버린 걸까, 왜 염두한 적
도 없다는 듯 이별 앞에서 진심으로 당황한 걸까, 맞아, 나는
언제나 이런 식으로 모두와 끝장났는데, 홀로 남겨졌는데, 어
째서 갑자기 그런 운명이 분하고 서글퍼져…….

　이렇게 엉망으로 뒤엉킨 속내를 한마디로 표현하고 싶었다.

　단 한마디로.

　두 마디는 구차할 것 같았다. 세 마디를 할 바에는 장문의
편지를 쓰고 말지. 그러나 문장이 길어지면 나도 모르게 떳떳
하지 못한 뉘앙스를 흘릴 듯했고, 미안하다 사랑한다 같은 표
현을 반어로든 은유로든 농도만 다르게 써 보낸 뒤 밤마다 이

불을 걷어찰 것 같았다. 그런 상상만으로 몸서리가 일었다. 네가 마지막으로 기억할 내 모습이 내가 원하는 모습이 아니게 될까 봐. 내가 기억할 우리의 마지막이 내가 원하는 마지막이 아니게 될까 봐. 그래서 한마디를 찾아 헤매게 되었다. 정확한 한마디로 너와 나 사이를 매듭짓고 싶었다. 그런데 그게 무엇인지 좀처럼 알 수가 없고, 앞으로도 알 수 없을 것 같아서…… 그저 헤매는 심정으로 살고 있다.

이것도 사는 건가.

나는 매일 아침 6시 50분에 알람 소리를 듣고 깨어났다. 7시 30분까지 세면과 전신 스트레칭을 마쳤고, 간밤에 준비해둔 샐러드로 아침을 해결했다. 가방을 챙겨서는 8시 20분에 현관문을 나섰다. 지하철을 타고 9시까지 합정역 인근의 회사로 출근했다.

이후로는 시계를 보지 않았다.

시간을 잊었다.

그러다가 사무실 의자에 앉아 서류를 보는 둥 마는 둥 하고 있는데, 목덜미와 어깻죽지에 뭉근한 피로가 몰려오고, 파티션 너머의 동료가 지금까지와는 사뭇 다른 압력으로 키보드를 타닥타닥 두드리기 시작하면 아 가나, 가도 되나, 하면서 나도 일일업무보고서를 작성했다. 자리에서 일어나 공기청정기의 전원을 끈 다음 복도의 블라인드를 모조리 내리고 퇴근했다. 귀가해서는 저녁 식사로 콩밥 한 공기와 동원양반김, 시금치나물, 멸치볶음 따위를 한 움큼씩 덜어 먹었다. 설거지를 마치고 거실 소파에 널브러져서는 7시 55분까지 〈위대한 조강지처〉라는 일일연속극을 시청했다.

드라마에서는 아들을 낳지 못하는 삼십대 후반의 여자가 매일같이 목놓아 울고 있었다. 그녀는 정육점 아저씨가 대패 삼겹살을 18그램 속여 팔았다는 이유로 이단옆차기를 날리고, 옆집 새댁이 분리배출을 엉망으로 했다는 이유로 헤드록을 거는 여자였는데, 밤이 이슥해지면 초조한 얼굴로 거실을 오가다가 괘종시계가 뎅뎅 울리면 손바닥으로 입을 틀어막은 채 울음을 터뜨렸다. 보아하니 여자의 남편은 스포츠댄스 클럽에서 만난 미모의 대학원생과 당당하게 바람을 피우고 있었다. 도박 빚에 쫓겨 사위 집에 얹혀사는 여자의 어머니는 그녀가 울기 시작하면 방에서 나와 대를 잇지도 못하는 게 어디서 감히, 재수 없게, 라고 꾸짖었다. 네가 뭘 잘했다고 우냐, 뭔데 우냐. 훗날 의붓딸로 밝혀지는 여자의 등을 찰싹찰싹 소리 나게 후려쳤다.

왜 때려.

그게 마음에 걸렸다. 때리고 난리야. 하지만 살과 살이 부딪는 마찰음과 이미지는 브라운관을 넘어 내게 생생한 감각으로 육박했고, 하마터면 나는 드라마 속 여자를 따라 손바닥으로 입을 틀어막은 채 울음을 터뜨릴 뻔했다. 그러나 참았지. 가까스로 억누를 만한 정도였기에 나는 누수랄까 범람의 조짐을 가라앉힐 수 있었다. 어금니를 깨물고 발끝을 잔뜩 구부러뜨리는 자세로 버텨냈다. 그러다가 텔레비전 화면이 정지하면서 내일 이 시간에 계속, 이라는 문구가 나타났을 때에는 긴장이 풀려 웃음을 터뜨리고 말았다. 와하하하하하하하.

그런 나를 소파 끄트머리에 앉아 지켜보던 엄마가 슬며시 다가앉으며 물었다. 왜 그래, 무슨 일 있어?

무슨 일이라뇨.

너, 거울 좀 봐라.

나는 탁자에 놓인 손거울을 집어 들었다.

보이니?

네.

미친년 같지?

나는 거울 속 얼굴을 찬찬히 살펴보았다. 어, 약간 그런 것 같기도.

약간이 아니야. 엄마는 올 것이 왔다는 듯 덧붙였다. 넌 미쳤어.

그런 말씀 마세요.

하는 수 없이 나는 지금까지의 정황을 털어놓을 수밖에 없었다. 나를 낳은 여자에게 내가 아들을 낳지 못해 우는 여자를 보며 웃어댄 이유를 해명했다.

아, 그랬니.

엄마는 끼고 있던 팔짱을 풀고 허벅지를 긁적였다. 너네 그럴 줄 알았다. 벌게진 살갗을 내려다보며 잠시 침묵을 지켰다. 그래서 뭐, 이제 어쩔 생각인데.

아무 생각 없어요.

생각이 없어?

네.

그래? 엄마는 말끝을 늘어뜨리며 등받이에 몸을 기댔다. 그렇단 말이지. 내 얼굴을 물끄러미 건너보다가 한참 만에 덧붙였다. 뭐, 엎어진 김에 쉬었다 가랬으니까.

다음 날 우리는 함께 백화점으로 향했다.

나는 엄마가 옷걸이째 들이미는 원피스들로 군말 없이 갈아입은 뒤 전신 거울 앞에 서서 빙그르르 돌았다. 그때마다 엄마는 드라마 속 재벌을 흉내 내며 아니야, 그게 아니라니까, 라고 품평하다가 내 지갑에서 신용카드를 꺼내 결제했다. 봐라, 얼마나 예쁘니. 종업원들 앞에서 자기 딸을 위아래로 훑으며 감탄했다. 정말 옷이 날개구나.

뭐 이런 사람한테서 태어났을까 싶었다. 그래서 이 모양인 것 같기도.

우리는 쇼핑을 마친 뒤 인근의 스타벅스에 들어갔다. 테이블에 여봐란듯이 쇼핑백들을 쌓아두고 앉아 시답잖은 이야기로 웃고 떠들었다. 이모의 친구의 아들이 태어난 이야기와 삼촌의 며느리의 반려동물이 암에 걸린 이야기까지. 커피를 반쯤 남기고 돌아오는 택시 안에서는 서로 눈을 흘겨가며 다투었다. 내가 차에 오르자마자 기사 아저씨에게 삼성아파트 16차 단지로 가달라고 말했는데 한참 후에 우리가 도착한 곳이 27차 아파트 단지였기 때문이다.

아 진짜. 엄마는 관자놀이를 문지르다가 맥없이 웃었다. 너는 뭐 제대로 하는 게 없냐.

그건 그 상황에서 충분히 할 수 있을 법한 말이었으나, 결코 그 상황만을 평가하는 말처럼 들리지 않았다. 자격지심인지 뭔지 나는 엄마의 표정과 목소리에서 오랜 시간 품어온 환멸 같은 것을 감지했다. 기분 전환은 핑계였을 뿐이고 엄마가 그 한마디—너는 뭐 제대로 하는 게 없냐—를 뱉기 위해 나를 백화점에 데려갔는지도 모르겠다는 생각이 들었다.

나는 빽 소리를 지르고는 택시에서 내렸다. 차 문을 쾅 닫고 나니 쇼핑백을 움켜쥔 손가락이 부들부들 떨렸다. 엄마는 그런 나를 만류하거나 차창을 내려 윽박지르기는커녕 택시를 탄 채 그대로 아파트 단지를 빠져나갔다. 나는 깜빡이는 택시의 미등을 한참 노려보다가 그게 모퉁이를 꺾어 사라지기 직전에 뒤돌아서 걷기 시작했다. 대체 왜. 오래지 않아 단지 바끝의 대로변에 닿을 수 있었다. 나한테 왜들 이래.

마침 지나가는 빈 택시가 보여 손을 흔들었다. 문을 열고 뒷좌석에 앉았는데…… 눈물이 터져 나왔다. 도무지 손을 써 볼 수가 없을 정도였고 콧물까지 줄줄 흘러내렸다. 택시 기사는 룸미러로 나를 흘끗 올려다보더니 말없이 차를 몰았다. 미끄러지듯 비탈길을 내려갔고 이내 낯익은 번화가로 접어들었다.

나는 훌쩍거리는 와중에도 16과 27이 얼마나 다른 숫자인지, 그것을 발음하기 위해서는 얼마나 다르게 혀를 구부려야 하고 입술을 오므려야 하는지, 그런데 이걸 어떻게 혼동할 수 있는지에 대해 생각했다. 내가 잘못 말한 것인지, 택시 기사가 잘못 알아들은 것인지, 제대로 발음했고 전달에도 문제가 없었는데 도착지가 엉뚱할 뿐인지 뭔지 알 수가 없었다. 언어라는 것이 고작 이렇구나. 16이라 말해도 27로 받아들일 수 있는 것인데, 그런 줄도 모르고 16인 줄만 알다가 27에 당도해서는 왜 27이고 난리야…… 하면서 서로를 원망하고 갈라설 수도 있는 것이구나.

그런데 무슨 한마디를 찾냐.

나는 쇼핑백을 뒤져 사은품으로 받은 갑티슈를 꺼내 들었다. 휴지를 뽑아 눈가를 닦아낸 다음 코를 팽 풀었다. 한마디를 찾아낸들 그걸 소리 내어 말하면, 글로 쓰면, 의미가 곧이

곧대로 전해지긴 할까.

차창을 내리자 늦은 오후의 선선한 바람이 불어 들었다. 나는 사람들로 북적이는 거리를 멀거니 바라보았다. 그즈음 택시 기사가 룸미러로 다시 내 안색을 살피는 기색이 느껴졌다. 그는 헛기침을 두어 번 뱉더니 손을 뻗어 라디오를 작동시켰다. 다이얼을 돌리자 지직거리는 잡음의 끝에 가늘고 긴 바이올린 선율이 흘러나왔다. 익숙한 멜로디였고, 그 운율은 오래전에 잊어버렸던 한 장면을 떠올리게 했다.

열대야가 지속되던 어느 여름밤이었다. 그날 나는 바 테이블 구석 자리에 앉아 벽에 걸린 텔레비전을 올려다보고 있었다. 눈이 먼 중년 남자가 젊고 아름다운 여자를 만나 탱고를 추는 장면이었다. 나는 열 번도 넘게 본 그 장면을 마치 처음 보는 사람처럼 지켜보았다. 그때 낯선 기척이 내 오른편으로 다가와 섰다. 고개를 돌려보니 한 남자가 호기심 어린 눈빛으로 나를 내려다보고 있었다.

네가 조심스레 한 손을 내밀었을 때, 나는 그 하얗고 너른 손바닥을 들여다보기만 했다. 마디의 주름과 깊은 굴곡들을, 마치 낯선 지도를 살피듯 바라보았다. 얼마 후 나는 네 손을 맞잡았고, 우리는 영화 속 배우들을 따라 춤을 추기 시작했다.

다들 제멋에 취해 몸을 흔들어대는 댄스 플로어에서 너는 나를 살며시 끌어안았다. 나는 네 어깨에 옆머리를 기댄 채 생경한 멜로디에 몸을 맡겼다. 그 밤, 스크린 속 배우들은 커플을 연기하고 있었고 우리는 커플을 연기하는 커플이 되어 있었다.

서로 박자를 맞춰가며 느리게 추는 춤.

나는 발끝으로 조심스레 무대를 내디뎠고, 너를 축으로 삼아 한 바퀴를 빙 돌았다. 부딪고 엉키다가 하나둘씩 맞물리던 리듬. 그렇게 내가 나를 잊고, 나의 리듬을 잃어버리고 너로 살다가, 그것이 나인 줄만 알다가 불현듯 정신을 차렸을 때, 우리를 에워싼 선율은 멎어 있었다. 세계는 저만치 물러나 있었고, 너의 체온은 사라지고 없었다. 나는 혼자였다.

이제야 알 것 같아.

네 이름을 부르고 싶었다.

그 가을의
열대야

행복한 장면을 목도하고 나면 더할 나위 없이 쓸쓸해지는 계절이었다. 그 계절이 떠날 듯 떠나지 않고 긴 폐곡선을 그리며 주위를 맴돌기만 하는 나날. 이를테면 봄 다음에 여름, 여름 다음에 가을이 아니라 가을 다음에 가을, 다시 가을, 가을만이 도래하는 식이었다.

언제쯤 겨울이 올까.

나는 한 번도 겨울을 반겨본 적 없으면서 지극한 마음으로 겨울을 기다리게 되었다. 기대했고, 그 덕분인지 어느 밤에는 예기치 못한 편지를 한 통 받게 되었다. 과거의 시간을 정처 없이 헤매다가 비로소 도착한 문장들을 읽으며 나는 오랜만에 너의 얼굴과 목소리를 떠올릴 수 있었다. 이별을 실감할 수 있었고, 그것이 스산한 계절의 끝을 갈음해주리라는 것도 어렴풋이나마 예감할 수 있었다.

그해 9월, 아릿한 열감에 눈을 떴다. 나는 당혹스러운 기분에 상체를 일으켜 앉았다. 새벽 2시였다. 어스름 속에서 목덜미와 귀 뒤를 더듬어보니 오돌토돌한 부스럼이 나 있었다. 살갗마다 저릿저릿한 가려움증과 쓰라림이 일었다. 형광등을 켜자 눈앞이 어질했다. 거울 앞에서 티셔츠의 목을 늘여보니 쇄골과 어깻죽지 부근에 불그스레한 발진이 돋아나 있었다. 귓불과 아랫입술은 벌에 쏘인 듯 부어오른 채였다. 본래 열이 많은 체질인 데다 그 발산이 원활하지 않은 편이어서 걸핏하면 몸이 뜨거워지곤 했다. 하지만 이런 경우는 처음이었다.

질겁하여 휴대전화를 찾아 쥐었다. 포털 사이트에 접속해 가려움, 홍반, 붓기 같은 단어를 두서없이 입력했다. 화장품 광고와 병원 홍보물들을 스크롤해 내리자 근래 심각한 기후 변화로 인해 만성 두드러기 환자가 급증했다는 기사를 접할 수 있었다. 나는 글 하단에 첨부된 부종의 이미지—병증을 치료하지 않아 피부가 회녹색으로 괴사를 일으킨 이미지—와 거울 속의 몸을 이리저리 비교해보다가 카디건을 집어 들었다. 당장 병원에 가야겠다는 생각뿐이었다. 나는 지갑을 챙긴 다음 머리카락을 뒤로 올려 묶었다. 챙 달린 모자를 눌러썼고, 혹여 안방의 부모님이 깨어날까 봐 까치발로 거실을 가로질렀다.

빌라 현관문을 열어젖히자 맑고 서늘한 공기가 코끝을 스쳤다. 밤하늘 아래 진녹색 상수리나무 이파리들이 일제히 흔들렸다. 나는 양옆에 늘어선 가로등 불빛을 따라 비탈진 언덕길을 내려갔다. 문득 이 시각에 홀로 집을 나선 것이 처음이라는 사실을 깨달았다. 반년 넘게 용돈을 모아 가출을 준비해놓고 정작 당일 새벽에 결행하지 못해 주저앉고 말았던 고등학교 시절이 떠올랐다.

그때 왜 그랬지.

이제는 별 위협으로도 느껴지지 않는 문제들이 당시의 나를─열일곱의 나를─어떠한 양감으로 짓눌렀는지 도통 기억이 나지 않았다. 서른하나. 아이스크림 가게의 상호로만 인식되던 숫자는 어느새 내가 살아온 햇수가 되어 있었고, 내 삶은 아이스크림 개수만큼이나 버라이어티…… 하지는 않았으나 오랜 시간 염원해온 만큼, 딱 그만큼 안정적인 궤도에 올라 있었다. 터무니없는 사고를 저지르지만 않으면 정년까지 근무할 수 있는 직장에, 매달 불입하는 적금과 보험료에 지장을 주지 않는 선에서 이따금 도쿄나 방콕 여행을 다녀올 수 있을 정도의 연봉, 동네에서 20년 넘게 설렁탕집을 운영해온 부모님. 그러니 이보다 안정적인 삶이란 호스피스 일인실이나 관 속에나 마련되어 있겠지, 싶을 정도였다. 그렇게 무사하고 무탈한 일상을 영위해온 탓이었을까. 고작 새벽녘에 부모님 몰래 외출하는 걸로 이렇게까지 가슴이 뛰면 어쩌나 싶었다. 그동안 설렐 일이 얼마나 없었으면 이러나 싶기도.

내리막 끝에서 모퉁이를 돌자 불 꺼진 신호등과 텅 빈 2차선 도로가 눈에 들어왔다. 좁은 인도를 따라 다섯 블록쯤 걸으니 익숙한 외관의 종합병원이 모습을 드러냈다. 종합병원이라곤 하지만 단관 규모의 허름한 곳이어서—재개발사업이 시행되면 강남으로 확장 이전한다고 했다—응급실은 8평 남짓한 공간에 녹슨 철제 책상과 유리장, 연푸른색 커튼이 달린 침대 세 개가 전부였다. 나는 피로한 얼굴의 간호사가 안내해준 대로 책상 옆 스툴에 앉아 기다렸다. 움직이지 않고 있으려니 새삼 견디기 어려울 정도로 몸이 간지러워 두 주먹을 꽉 움켜쥔 채 오른 다리를 덜덜 떨며 기다렸다. 이게 무슨 응급실이야, 진짜 응급으로 왔으면 어쩔 뻔했어…… 싶어질 즈음에야 몽롱한 기색의 청년이 흰 가운에 팔을 꿰며 나타났다. 어디가 안 좋으신가요.

두드러기 같아요.

그래요? 의사는 눈을 질끈 감았다 뜨길 반복하면서 잠을 쫓아내려 애썼다. 어디 한번 볼게요. 내 상의 밑단을 살짝 들춰 배와 옆구리에 청진기를 가져다 댔다. 피부 질환은 육안으로 확인이 가능할 텐데 어째서 몸 안의 장기 소리를 듣는 걸까…… 싶어질 즈음에야 그는 카디건의 소매를 걷어 팔뚝에 돋아난 물집들을 살펴보았다. 그러네요. 알 만하다는 듯 고개를 끄덕였다. 맞네, 두드러기. 모니터를 켜고는 망설임 없이 처방전을 작성하기 시작했다. 그런데 뭐, 평소에 안 먹던 거라도 드셨나요.

글쎄요.

보통은 먹는 거나 입는 거, 안 하던 걸 했을 때 두드러기가 나거든요.

나는 잠시 생각해보는 척했다. 그런 거 없는데.

있을 거예요. 그는 곁에 선 간호사에게 주사를 준비해달라고 말한 뒤 볼펜 끝으로 차트를 톡톡 두드렸다. 이런 질환은 환자분이 스스로 원인을 알아내셔야 해요. 증상이 일어나기 전에 내가 무얼 했나, 누굴 만나서 무얼 먹었나, 어디를 갔나, 그렇게 지난 일들을 한번 되짚어보세요. 그러더니 도무지 알아보기 힘든 필체로 차트에 뭐라 적어 넣었다. 생각해보시고, 뭐든 걸리는 게 있으면 그걸 하지 마세요. 아시겠죠.

나는 가볍게 목례를 하고 자리에서 일어났다. 커튼이 드리워진 침대 안쪽으로 들어가 바지를 내리고 엉덩이 주사를 두 대 맞았다. 이럴 일인가 싶을 만큼 아픈 주사여서―엉덩이 주사가 불러일으키는 묘한 수치심까지 더해져서―눈물이 찔끔 나올 정도였다. 접수대에서 정산을 마친 뒤에는 하루치 약을 받아 집으로 돌아왔다. 주사 효과인지 가려운 증상은 잦아들었으나 몸의 열감은 좀체 가시지를 않아 선풍기를 틀었다. 그 앞에 무릎을 세우는 자세로 앉아서 회전하는 날개를 들여다보았다. 환부에 바람이 스칠 때마다 알싸한 통증이 일었는데, 그 느낌이 싫지 않았다.

약봉지를 뜯어 손바닥 위에 털어보았다. 미황색 알약 두 개와 투명한 액체가 든 캡슐이 하나였다. 나는 그것들을 한입에 삼키고는 침대 모서리에 기대앉았다. 몸속의 혈관을 따라 흐르고 있을 약 성분에 대해 생각했고, 보거나 만질 수는 없지만 내 안에서 분명하게 일어나고 있을 어떤 변화를 상상했다.

나아지겠지. 산들거리는 옷자락을 바라보다가 불을 끄고 누웠다. 나아질까. 팔을 뻗어 선풍기를 회전 모드로 바꾼 뒤 타이머를 30분에 맞추었다. 밤새 선풍기를 틀어놓고 자면 질식사할 수 있다는 풍문을 듣고 생긴 버릇이었는데, 나는 그때마다 내가 살고 싶긴 한가 보다 생각했다. 살고 싶나, 이렇게 계속……. 나는 달달거리는 모터 소리를 자장가 삼아 느른하게 숨을 들이쉬고 뱉어냈다.

*

빛 한 점이 집요하게 머리맡에 어른거렸다. 정신이 들자마자 나는 몸부터 살펴보았다. 간지러운 느낌이 전혀 없었다. 뭉근한 열기를 띤 채 번져나가던 부스럼도 일체 가라앉아 있었다. 거울로 말끔해진 피부를 들여다보고 있으니 간밤에 응급실을 다녀온 일이 꿈만 같았다. 이제 와서 굳이 부모님이나 지인들에게 털어놓을 필요 없는…… 꿈보다 못한 무엇이 되어버린 듯했다.

그럼 그건 무엇이었을까.

상념의 끝에는 아주 작살이 나서 연차를 내야만 하는 상황에 처했다면 어땠을까, 하는 궁금증이 일었다. 온몸이 수포로 뒤덮여 엉엉 울면서 팀장님에게 전화를 걸어야 했다면…… 믿어주지 않을 것 같아 페이스타임으로 바꿔서 병가를 요청해야 했다면…… 어째서인지 나는 출근 준비를 하는 내내 그런 상상만 했다.

상상은 좀체 사그라들지 않았다.

아궁이에 불을 지핀 것처럼 뭉게뭉게 피어올랐고, 나는 출근길 지하철에 앉아 꾸벅꾸벅 조는 와중에도 그 상상을 이어나갔다. 팀장님, 저예요. 아침부터 죄송합니다. 많이 놀라셨죠. 화면을 보면 아시겠지만…… 제가 오늘 출근하기가 좀 어려울 것 같아요. 네, 맞아요. 두드러기가 났는데요. 그냥 가렵기만 한 거 아니냐고요. 뭐, 그렇긴 하죠. 어디 부러진 게 아니긴 한데…… 그래도요, 팀장님. 제 말 좀 들어보세요. 하, 일단 들어보시라니까. 제가 새벽 2시엔가 발진이 나서 응급실을 다녀왔는데요. 그래, 응급실. 거기서 의사가 저한테 뭐라고 한 줄 아세요? 안 하던 걸 했느냐고 묻더라고요. 안 하던 거. 그래서 제가 고민을 좀 해봤어요. 간만에 고민이란 걸 했어. 그런데 내가 안 하던 걸 한 적이 없는 거야. 무슨 말인지 아시겠어요? 제가 말이죠. 입사하고 3년 넘게 매일 아침 7시 반에 일어났는데요. 옷이라고 해봐야 죄다 스파 브랜드나 명품 아웃렛에서 구입한 셔츠랑 원피스 돌려가면서 입고…… 쌀밥에 김치에 오징어무침에 뭐 그런 거 차려 먹으면서 출근해 일하고…… 종일 일만 하다가 집에 돌아와서 넷플릭스로 드라마 한두 편 보고 잔 것밖에 없더라고요. 곰곰이 생각해보니까 이 패턴에서 거의 벗어나질 않았어요, 내가. 거의가 뭐야. 쭉 이러고 살았지. 연휴 때 여행 좀 다녀온 거? 기억도 안 나요. 전반적으로 제 삶이란 것이…… 1년 전이나 3년 전이나 얼추 비슷하더라고요. 그동안 연애도 안 했으니까…… 한심하지 않아요? 팀장님, 저는요. 진짜…… 내가 서른한 살이나 먹고 이렇게 살 줄 몰랐다.

몰랐나.

굉음을 일으키며 몸을 뒤트는 열차의 진동에 나는 고개를 천천히 들어올렸다. 출입구 모니터 쪽으로 시선을 던져 노란색으로 깜박이는 정차역의 이름을 확인했다. 내가 정말 몰랐나.

재미없는 일은 아니었다. 보람이 없지도 않았고…… 고심 끝에 선택한 직종인 만큼 불만이랄까, 전직을 고민한 적도 없었다. 월급이 많진 않았으나 업무량이 과한 편도 아니었으니 이 정도면 합리적이지 싶었다. 그럼 뭐가 문제인가. 문제는 없었다. 문제가 없다는 것이 문제라면 모를까.

안 하던 거.

그날 나는 오전 내내 일하는 척 모니터를 들여다보며 딴생각만 했다. 안 하던 거. 간만에 몰두라는 걸 했다. 그러다가 정오 무렵, 동료들이 점심을 먹기 위해 하나둘 자리를 떴을 때, 나는 혼자 사무실에 앉아 이어폰으로 BTS의 〈피 땀 눈물〉을 듣다가 "나를 부드럽게 죽여줘"라는 가사에서 그래, 이렇게 살다가 죽지, 싶은 기분이 들었다. 이대로 죽을 순 없다는 반발심도……. 그러다 보니 안 하던 걸 해서가 아니라 하지 않아서 문제인 건 아닐까, 하는 추측에 이르렀다. 어쩌면 해서는 안 될 일을 해서가 아니라…… 해야만 하는 일을 하지 않아서 이 지경에 이른 것이 아닐까. 그럼 이제라도 한번 해볼까. 뭐든 저질러볼까.

그리하여 내가 큰마음을 먹고 감행한 일은…… 오후 근무가 시작되자마자 팀장님에게 인트라넷 일대일 채팅을 신청한 것이었다.

―팀장님~ 바쁘세요? 제가 드릴 말씀이 있는데요.

―왜요. 무슨 일 있나요.

―아, 별건 아니고요~ 저 내일 연차 좀 써도 될까 해서요. 괜찮을까요?

―난 또 뭐라고. 그러세요.

―팀장님~ 그럼 저 혹시 모레까지 쉬어도 될까요. 당장 급하게 처리할 일도 없거든요.

―그래요.

―이왕 이렇게 된 거~ 금요일까지 스트레이트로 쉬는 건 좀~ 무리일까요?

이 대목에서 팀장님은 메시지를 쓰고 지우기를 연거푸 반복했다. 채팅창에 떠오른 '상대방이 내용을 입력 중입니다'라는 문구를 내려다보며 나는 이루 말할 수 없는 불안과 떨림을 동시에 느꼈는데, 그것은 간밤에 집 현관문을 박차고 나섰을 때 맡았던 새벽 공기의 청량함을 떠올리게 했다.

―은수 씨, 혹시 집에 무슨 일 있나요?

―아닌데요.

―그럼 몸이 아픈 거예요?

―아픈가. 뭐, 좀 아프긴 했는데~ 이제는 아닌 것 같기도 하고~ 사실 잘 모르겠어요. 그런데 쉬고 싶어요. 쉴래요. 안 될까요?

─음, 알겠습니다. 그럼 퇴근 전까지 휴가원 꼭 제출해주세요.

아, 뭐야. 나는 숨을 가늘게 뱉어내며 키보드에서 손을 뗐다. 사무용 의자에 몸을 깊숙이 파묻고 앉아 천장을 올려다보았다. 그러고 보니 팀장님은 나한테 못되게 군 적이 한 번도 없었다. 강남 8학군 출신의 그는, 중학교 교사인 홀어머니 슬하에서 자라 올바름에 대한 기준이랄까 반듯한 예의범절을 갖춘 사람이었다. 서울 소재의 명문대에 입학하여 총학생회 회장으로 활동했고, NL이었으므로, 지속되는 등록금 인상에 반대하고자 삭발 투쟁까지 했다는 이야기를 들은 적 있었다. 한마디로 왜 저렇게 올곧을까, 뭐 하러 저렇게까지…… 싶을 정도여서 곧으면 부러진다는데, 언젠가는 부러지겠지, 부러져라…… 하는 소망을 나도 모르는 사이에 품게 만드는 사람이었다.

그게 문제였을까.

차라리 나를 좀 괴롭혀주었으면…… 부당한 업무를 지시하거나 인신공격을 퍼붓거나 음험한 표정으로 다가와 엉덩이라도 주물렀으면…… 그러면 나는 기다렸다는 듯이 빽 소리를 지르고 일어나 사직서를 내던질 텐데. 가방을 챙겨 들고 여봐란듯이 사무실 문을 박차고 나설 텐데. 매일 밤 드라마에서나 구경하던 일을 실제로 한번 저질러볼 텐데. 그러면 원인과 결과가 그럴듯하게 이어지면서 모든 상황이 클리어하게 종결될 텐데…….

그러나 내게는 아무 일도 일어나지 않았다. 아, 이런 환경에서 무슨 안 하던 걸 하냐. 평생 하던 일만 하다가 뒈지겠구먼. 팀장님은 내가 천년만년 근속하기를 바라나 봐. 그러지 않고서야 나 같은 애한테 이렇게 배려와 관용을 베풀 수 없지…… 너무한다, 진짜.

퇴근 직전, 나는 푹 쉬고 건강하게 돌아오라는 팀장님의 메시지를 못 본 척 컴퓨터를 종료했다. 뒤도 돌아보지 않고 회사를 빠져나왔다. 집에 도착해서는 미지근한 물로 오랫동안 샤워했다. 울적한 기분으로 컴퓨터 앞에 앉아서는 새로운 시즌이 론칭된 넷플릭스 오리지널 드라마 〈굿 걸스〉를 시청했다. 가게를 정리하고 돌아온 부모님이 방문을 열고 과일이라도 깎아줄까, 했을 때는 말없이 손만 내저었다. 약 기운 탓인지 얼마 안 가 졸음이 쏟아져서…… 선풍기 타이머를 30분에 맞추고 잠자리에 들었다.

그런데 염병할.

살갗이 불에 그슬리는 듯한 감각에 절로 눈이 떠졌다. 거울 앞에 서자 누구한테 얻어맞기라도 한 듯 눈두덩과 입술이 벌겋게 부풀어 오른 얼굴이 나타났다. 검붉은색 열꽃이 목 언저리부터 옆구리, 등허리까지 긴 띠를 이루며 돋아나 있다.

나는 어금니를 깨문 채 응급실로 향했다. 처음이 어렵지, 두 번째 새벽 외출은 눈을 반쯤 감고도 실행에 옮길 수 있었다. 그래서였을까. 더는 가슴이 설레지 않았다. 나는 교차로를 지나 종합병원까지 내처 걸었다. 응급실에는 어제와 달리 건장한 체격에 턱수염을 기른 중년 남자가 앉아 있었다. 가운 안에 남색 체크무늬 셔츠를 받쳐 입은 그는 피곤한 기색 하나 없이 살가운 어조로 물었다. 어디가 아프신가요.

나는 스툴에 앉아 의사에게 증상을 설명했다. 똑같은 진찰을 받았고 똑같은 처방을 들었다. 이런 경우에는 본인이 원인을 알아내셔야 하는데요. 아, 네. 뭘 했고 뭘 안 했는지를 여러 방면으로 생각해보세요. 잘못된 게 있으면 바로잡으시고요. 아, 네.

내가 듣는 둥 마는 둥 하자 의사는 겸연쩍은 얼굴로 간호사에게 차트를 건네주며 말했다. 그런데 뭐, 심각하게 걱정하실 일이 아니긴 해요. 그냥 두드러기일 뿐이니까요. 요즘은 감기처럼 흔한 질환입니다.

언제쯤 완치될까요.

글쎄요. 그는 청진기를 벗어 책상에 내려놓더니 고개를 갸웃했다. 완치라는 개념이 없는 병이라.

나는 엉덩이 주사를 두 대 맞고 병원을 나섰다. 약 봉투를 움켜쥔 채 가파른 비탈을 식식거리며 올랐다. 완치가 없다고?

진홍색 꽃잎을 틔운 배롱나무 아래 웃자란 수풀이 무성했다. 바람이 불자 메마른 흙과 풀 냄새가 훅 끼쳐왔다. 나는 빌라 현관 앞에 이르러서야 허리를 짚고 서서 호흡을 골랐다. 지갑이라도 흘렸나 싶어 주머니를 뒤적이던 중에는 우편함에 꽂힌 편지 한 통을 발견했다. 꺼내 보니 수신인에 내 이름이 적혀 있었다. 연보랏빛이 도는 봉투 한 귀퉁이에는 명조체로 조그맣게 안내문이 인쇄되어 있었다.

'퀵 서비스, 스마트폰, 인터넷으로 대표되는 속도의 시대. 세상은 너무 빠르게 변하고 있습니다. 인천국제공항고속도로의 느린우체통은 잠시나마 삶의 여유를 가지고, 자신과 소중한 사람들을 돌아볼 수 있는 시간을 갖게 하며, 느림의 미학과 인연의 소중함을 일깨워줍니다……'라고 적힌 부분을 읽을 때만 해도 나는 그것의 정체를 깨닫지 못했다.

'마음과 마음을 잇는 편지. 시간을 뛰어넘는 추억을 받아보세요.'

이윽고 침잠해 있던 기억의 조각들이 하나둘씩 수면 위로 떠올랐다. 나는 서인천 우정사업본부의 날인이 찍힌 해오라기 우표를 뚫어져라 쳐다보았다. 편지를 확 구겨서 버릴까 어쩔까 고민하다가 바지 주머니에 쑤셔 넣은 채 방으로 돌아왔다.

약을 챙겨 먹은 뒤 선풍기 앞에 쪼그려 앉았다. 건조해진 입술 안쪽으로 자꾸만 뜨거운 침이 고였다. 나는 이마와 목덜미를 짚어 열기를 가늠해보다가 편지를 꺼내 들었다. 어차피 버릴 거라면 읽고 나서 버리자 생각했다. 그런데 읽고 나서 버리는 게 버리는 건가…… 나는 가위로 봉투의 입구를 조심스레 뜯어냈다. 형광등 불빛에 은은하게 반짝이는 편지지를 꺼내 펼쳤고, 손으로 꾹꾹 눌러쓴 듯한 글씨를 읽어 내려갔다.

뜻하지 않게 이런 걸 쓰려니까 조금 당황스럽네, 헤헷.

되게 오랜만에 쓰는 편지인 것 같다. 자주 쓰고 그래야 하는데, 생각만큼 잘 안 되네.

우리 만난 지도 꽤 오래되었다. 그동안 이런저런 일이 많았지만, 그래도 나름 순탄하게 지내왔다는 생각이 들어. 특히 오늘처럼 서늘한 바람이 불어오는 가을이면, 홍대입구역 9번 출구에서 너를 처음 만난 날이 자꾸 생각나. 그 밤의 설렘과 기쁨, 이유 모를 걱정까지도.

어쨌거나 너를 만난 행운을 얻었고, 지금까지 이렇게 함께할 수 있어서 기뻐. 이 편지가 닿을 즈음 너는 어디에서 뭘 하고 있을까. 나는 어디에서 무엇을 하고…… 과연 우리는 어떠한 사람들이 되어 있을까. 바라던 바를 하나쯤은 이루었을까. 무엇을 얻었고 무엇을 잃어버렸을까. (최근에는 충돌이 잦았지만) 그때에도 부디 예쁘게 잘 만나고 있어서, 이런 게 도착했다고 웃으며 같이 편지를 꺼내 볼 수 있으면 좋겠다.

P.S.

네 생일날, 친구들한테 나를 소개시켜달라고 떼써서 미안해.

언젠가는 자연스레 너의 마음도 열리겠지. 그때까지 기다릴

게.

from. J

걸봉을 다시 확인해보니 발신일이 5년 전이었다. 그제야 나는 편지를 읽기 전에 버려야만 했다는 확신이 들었다. 인천국제공항고속도로 홈페이지에는 느린우체통에 넣은 편지가 정확히 1년 후에 배송된다고 적혀 있었다. 그런데 이 편지는 어쩌다가 5년이 지난 이 시점에 도착한 것일까…… 도무지 영문을 알 수 없었다.

아마도 인천국제공항으로 드라이브를 갔을 때지 싶었다. 그 무렵 우리는 별것도 아닌 일로 언성을 높여가며 싸웠고 오래지 않아 놀이동산에 가거나 렌터카를 빌려 교외 드라이브를 하는 식으로 화해하길 반복했다. 언젠가는 꼭 같이 해외여행을 가자. 먼저 취업해서 돈 버는 사람이 상대방 비행기 태워주기. 공항 패스트푸드점에 앉아 거대한 통창 너머로 날아가는 비행기를 올려다보면서 막연한 약속을 주고받던 시절에 쓴 편지인 듯했다.

그러나 우리는 헤어졌고, 이러한 편지를 썼다는 기억조차

잊었으며, 나는 대학원 입학과 수료 후 어렵사리 취업에 성공하여, 내내 일만 하고 지냈다. 그 짧지 않은 세월 동안 이 편지는 어느 시간과 공간을 홀로 떠돌아다닌 것일까. 보내는 이도 받는 이도 잊어버린, 잃어버린 다짐과 서약이 왜 이제야 내 손에 안착한 것일까. 뒤늦게나마 목적지에 당도했으니 다행이라고 여겨야 할지 아니면…….

나는 편지지를 접어 봉투에 고이 집어넣었다. 책상 서랍의 맨 아래 칸을 열었고, 그것을 안쪽 깊숙한 자리에 밀어 넣었다. 이렇게 숨겨봤자 이것이 여기에 있고 앞으로도 존재할 것이며 나는 이 순간을 망각하지 못하리라는 걸 알면서도 그랬다.

선풍기 앞으로 돌아와 다시 바람을 쐬었다. 입을 벌려 나지막이 아, 하는 소리를 내기도 했다.

아—

목소리는 바람을 타고 너르게 퍼져나가는 듯하다가 양쪽 귓가에 맴돌았다. 이내 나는 불을 끄고 침대에 몸을 뉘었다. 아무 생각 하지 말고 자야겠다는 생각만 했다. 손을 뻗어 선풍기 타이머를 맞추려다가는…… 그대로 벽을 향해 돌아누웠다.

*

우리가 처음 만난 건 어느 초가을, 밤공기가 제법 소슬해진

금요일이었다. 그날 지하철역 출입구에서 끊임없이 쏟아져 나오는 사람들을 바라보며, 나는 KFC 문 앞에 우두커니 서 있었다. 건네받은 것이라고는 얼굴 사진 한 장뿐이어서, 과연 저 많은 사람 중 너를 알아볼 수 있을까 걱정이 들던 차였다. 약속 시간이 10분이나 지나도록 오지 않는 너를, 네 얼굴을, 나는 망연자실한 채 머릿속으로 그려보고 있었는데…… 어느 순간 혼란한 인파 사이로 가쁘게 숨을 몰아쉬는 기척이 다가 왔다. 눈이 마주쳤을 때 우리는 서로를 알아보았고, 너는 주 저 없이 내게 한 손을 내밀었다.

늦어서 미안해요. 괜히 여기서 보자고 했네. 일단 저쪽으로 갈까요.

나는 얼결에 네 손을 맞잡았고, 그것이 무슨 하늘에서 떨어 진 동아줄이라도 되는 양 얌전히 뒤따랐다.

그 밤, 네 손의 온기.

시간이 흘러 이제 내게 남은 기억의 편린 중 유일하게 선명 한 것은 그날 네가 입은 옷도, 네가 지은 표정도, 우리가 함께 먹은 저녁 식사도, 나란히 거닐었던 공원의 풍경도 아닌 그 온기뿐이다.

어째서 그럴까.

그런 의문은 점점이 이어지다가 이마에 툭 떨어진 물방울 처럼 잠을 깨웠고, 나는 늦은 오전의 환한 빛 속에서 눈꺼풀을 들어올렸다. 방 안의 공기는 기분 좋게 선선했고 피부에 닿는 리넨 이불의 촉감은 부드러웠다. 어째서인지 선풍기는 꺼져 있었으며 두드러기는 흔적도 없이 가라앉아 있었다.

나는 거실로 나가 가죽 소파에 기대앉았다. 잠이 깨기를 기다리며 햇살이 발치에서 굽이져 흔들리는 모습을 지켜보았다. 활짝 열어둔 창 너머로 언덕을 오르는 오토바이의 엔진 소리가 들려왔다. 가을 방학을 맞아 골목을 뛰어다니는 아이들의 환호와 전신주에 모여 앉아 지저귀는 새소리도. 평일 낮 한가로운 분위기에 다시금 졸음이 밀려와 나는 느릿하게 눈만 끔벅거렸다.

얼마나 그러고 있었을까.

거실 한구석에 놓인 스탠드형 에어컨이 돌연 작동했다. 저 혼자 경쾌한 멜로디를 울리며 상단 덮개를 내리더니 플라스마 냉풍을 사방으로 쏟아냈다. 살갗을 파고드는 한기에 나는 어깨를 움츠렸다. 에어컨 바람에 나풀거리는 커튼 자락을 멀거니 바라보다가 테이블에 놓인 리모컨을 집어 들었다. 그런데 아무리 버튼을 눌러도 전원이 꺼지질 않았다. 에어컨 본체로 다가가 직접 스위치를 눌러도 소용없었다. 플러그를 뽑아야 했다.

왜 이래.

언젠가 에어컨이 고장 나서 새로 사야겠다는, 엄마의 볼멘

소리를 들은 것도 같았다. 덕분에 잠이 깬 나는 세수를 하러 욕실로 향했다. 모처럼 여유가 생겼으니 미용실에 가서 머리를 할까, 전시회에 갈까, 궁리하며 칫솔질을 했다. 손바닥에 폼클렌징을 덜어 거품을 일으킬 즈음에는…… 문틈으로 새어 들어오는 거실의 텔레비전 소리를 들었다.

내가 저걸 틀었나. 틀고 들어왔나.

손을 씻어낸 뒤 조심스레 욕실 문을 열었다. 나는 거실로 나가 왁자지껄한 웃음을 쏟아내는 텔레비전을 쳐다보지도 않고 꺼버렸다. 예약 작동이겠지…… 애써 짐작했다. 기계 조작에 서툰 부모님이 이것저것 눌러보다가 실수로 입력해둔 것일지도. 그렇게 마음을 다독이며 욕실로 돌아가려는데…… 반쯤 열어두었던 내 방문이 쾅 소리를 내며 닫혔다. 놀라 쳐다보는 사이 건너편의 안방 문도 성난 기세로 닫혔다. 나는 약간 울고 싶은 기분이 되어 바람이 밀려 들어오는 창문을 닫아걸었다. 공연히 내 방문 앞으로 가 문틈에 귀를 기울였다. 누가 안에 있을 리 없다는 걸 알면서도 그랬다.

있을 리 없나.

그러면서 너를 떠올렸다. 지금 이곳에 있을 리 없는 네가, 있어서도 안 되는 네가, 방문 너머에서 내가 서 있는 쪽을 물끄러미 건너다보는 시선이 느껴졌다.

　　　　　　　　*

　그 일은 부모님이 새벽같이 여행길에 오른 날 벌어졌다. 친
목계 회원인 30여 명의 부부가 한 해 동안 모은 회비로 관광
버스를 대절하여 포항에 간다고 했다. 영일만선착장에서 대
형 크루즈를 타고 울릉도를 거쳐 독도를 찍고 돌아오는 2박
3일 코스라고.

　그날도 나는 잠이 덜 깬 채 거실 소파에 앉아 있었다. 부모
님을 배웅하고 혼자 남게 된 집 안은 지나치다 싶을 정도로
조용했다. 졸업을 한 학기 앞두고 휴학계를 낸 채 대학원에
갈지 취업을 할지 진로를 결정하지 못하던 시기였다. 딱히 할
일이 없었던 나는 아침 식사를 마치자마자 너에게 문자메시
지를 보냈다. 심심해. 심심하다고. 우는소리를 해가며 괴롭혔
고 집요하리만치 말꼬리를 물고 늘어지기도 했다. 마침내 너
는 항복, 이라고 답장한 뒤 같이 영화를 보러 가자고 했다. 어
차피 그쪽 방향이니까 집으로 데리러 갈게. 조금만 기다려.

　정오 무렵, 너는 시폰 소재의 블라우스에 검정색 하이웨이
스트 스커트 차림으로 현관에 들어섰다. 면접 스터디를 가던
중 핑계를 대고 돌아섰다며, 앞으로 백수로 살게 되면 다 내
탓이라고 웃으면서 타박했다. 그날 소파 끄트머리에 앉아 다
소 멋쩍은 얼굴로 집 안을 두리번거리는 너를 보며 나는 이상

하게 몸이 달아올랐다. 생각해보니 집에 누군가를 들인 것이 처음이었다. 나는 부엌으로 가 유리 주전자에 물을 끓였다. 우리는 소파에 나란히 앉아 히비스커스 티를 홀짝였고, 『씨네 21』 전문가 별점을 살펴보며 예매할 영화를 골랐다.

찻잔이 바닥을 드러낼 즈음에야 너는 긴장이 풀렸는지 목까지 채워놓은 단추를 하나 풀어 헤쳤다. 그게 시작이었다. 나는 섹스를 할까 어쩔까 망설이다가 아니지, 오늘 같은 날이 자주 있는 것도 아니고, 뭔가 안 하던 걸 해보자, 평소라면 하지 않았을 짓을 시도해보자, 싶어서 너에게 숨바꼭질을 제안했다. 그러니까 네가 숨어. 내가 찾을게. 걸릴 때마다 옷을 하나씩 벗는 거야. 5분 안에 못 찾으면 내가 벗고. 어때?

평소라면 뭐래, 변태같이, 하며 정색했을 너도 그날은 어째서인지 킥킥 웃으면서 그러자고 했다. 우리는 숨바꼭질을 시작했고, 한차례 마치고서야 이 게임이 사뭇 불공평하다는 사실을 알게 됐다. 말도 안 되게 넓은 집도 아니고, 다락방이 있길 하나 창고가 있나, 숨을 만한 곳이 몇 군데 되지도 않는데…… 그렇지만 불공평은 이 게임의 묘미이기도 했다. 너는 빨리 벗고 싶어 했고 나는 빨리 벗기고 싶어 했으니까.

내가 현관 벽에 이마를 붙인 채 삼십을 세는 동안 너는 숨었다. 내 방 옷장, 침대 밑, 베란다 세탁기 뒤편에 잔뜩 웅크리고 있다가 5분도 채 버티지 못하고 발각됐다. 순식간에 속옷 차림이 되었다. 우리는 묘한 시선을 주고받았고 나사 풀린 애들처럼 웃어댔다. 내가 다시 삼십을 세는 동안 너는 마지막으로 숨었다.

자, 찾는다.

나는 부러 느릿하게 걸음을 옮기며 너를 찾으러 다녔다. 여기 있나. 옷장 문을 열었다가 요란한 소리가 나도록 세게 닫았다. 아니면 여기인가. 샤워 커튼을 홱 젖히면서는 음흉하게 웃어댔다. 그런데 부엌을 대강 훑어보고 안방으로 건너가려는 찰나에…… 등 뒤에서 도어록 비밀번호를 입력하는 소리가 들려왔다. 현관문이 둔탁한 첫소리를 내며 열렸다.

돌아보니 등산복 차림에 선글라스를 낀 부모님이 힘겹게 숨을 몰아쉬고 있었다. 아이고 죽겠네. 엄마가 메고 있던 백팩을 바닥에 내팽개치면서 말했다. 야, 야, 말도 마라. 신고 있던 워커 부츠를 뽑아내다시피 벗고는 거실 소파에 주저앉았다. 집결지에서 관광버스를 놓치는 바람에 택시를 타고 부랴부랴 항구까지 쫓아갔는데…… 크루즈선을 놓쳤다고 했다. 내가 저 인간 때문에 환장한다 진짜. 그사이 아빠는 말없이 안방으로 들어가 문을 닫았다.

나는 거실 한복판에 멍하니 서 있었다.

손부채질을 하며 열을 식히던 엄마는 가방을 질질 끌면서 내 앞을 지나갔다. 안방 문고리를 잡고 몇 번 흔들다가 아, 뭐야, 뭔데, 하며 언성을 높였다. 뭘 잘했다고 문을 잠그고 난리야. 미쳤어, 당신? 엄마는 주먹으로 안방 문을 쾅쾅 내리치다가 다시 아이고 아이고 앓는 소리를 내며 소파에 몸을 기댔다. 참 나, 어젯밤에 그렇게 말려도 쭈꾸미를 처먹더니만 배탈이 나갖고…… 꼬박 1년을 기다려온 여행에 태클을 거네…… 내 인생의 백 태클이여 저 인간이……. 엄마는 선글라스를 벗어 테이블에 내려놓으며 덧붙였다. 그런데 너는 왜 그러고 서 있어. 밥은?

나는 이 일을 어떻게 수습해야 하나, 그 생각뿐이었다. 얘는 들키지 않게 잘 숨어 있으려나. 걸리면 끝장인데. 머리카락이 쭈뼛쭈뼛 서는 듯했다. 아, 이 상황을 뭐라고 해명해. 날이 더워서 친구랑 옷 벗기 게임을 했다고 말할 수도 없고…… 얘가 아토피 피부염이 있어서 약을 발라주던 차였다고 할까…… 하하하하하하 그런데 왜 빤스 차림으로 숨어 있고 난리…… 나는 아랫입술을 잘근잘근 깨물다가 입을 열었다.

엄마, 배고프지. 우리 나가서 밥 먹을까.

뭐?

여행 망치고 왔으니까 기분 전환 해야지. 아빠랑 같이 나가서 맛있는 거 먹어요, 응?

엄마는 아직 갈아입지 못한 자신의 등산복 차림을 내려다보더니 어, 그럴까, 했다. 말이 떨어지기 무섭게 나는 안방 문을 두드리기 시작했다. 아빠, 나와요. 나와. 괜찮아. 엄마가 다 용서한대. 우리 같이 밥 먹고 풀어요. 응? 맛있는 거 먹읍시다. 나와. 일단 나오라고.

이윽고 아빠는 못 이기는 척 걸쇠를 풀고 문을 열었다. 표정을 보아하니 안쪽에서 뭔가 봐서는 안 될 것을 본 것 같지는 않았다. 나는 서둘러 부모님의 등을 떠밀었다. 자, 자, 나갑시다. 나가. 빨리 나가.

그날 나는 꼬막비빔밥이 맛있다는 연안식당으로 향하던 중 혼자 집으로 돌아왔다. 추천서를 부탁드린 교수님과 통화하기로 약속했는데 책상에 휴대전화를 놓고 왔다며 둘러댔다. 먼저들 가세요. 금방 쫓아갈 테니까. 나는 부모님이 골목 어귀를 돌아 사라지자마자 바지 뒷주머니에서 휴대전화를 꺼내 들었다.

그런데 너는 전화를 받지 않았다. 문자메시지에도 한마디 대꾸가 없었다. 알아서 갔으려나. 뭐, 그 정도는 했겠지…… 생각하면서도 왠지 모르게 꺼림칙한 기분이 들었다. 조급한 마음에 집으로 향하는 발걸음을 재촉했다.

나는 현관문을 열자마자 야, 너 있어? 설마 있는 거야? 하면서 집 안을 휘젓고 다녔다. 아직도 있는 거 아니지? 있으면 안 돼, 너 갔어야 돼, 그런 말도 지껄였다. 다행인지 불행인지 너는 떠나고 없었다. 숨어 있을 만한 곳을 샅샅이 뒤져보았으나 어디에도 없었다. 내 방 의자에 벗어두었던 옷가지가 사라진 걸 보니 무사히 집을 빠져나간 것이 분명했다. 그래, 그렇겠지. 그런데 왜 연락이 안 돼…… 아무리 전화를 걸어도 너는 받지 않았다. 몇 시간 후에는 전원을 꺼두기까지 했다. 그쯤 되니 화가 치미는 건 이쪽이었다. 어이가 없네. 내가 뭘 그렇게 잘못했는데.

일주일 후 네가 먼저 연락을 해와서 나는 새치름한 얼굴로 약속 장소에 나갔다. 무슨 말을 하려고 이러나, 보자마자 화를 내려나 싶었는데 너는 아무 일도 없었다는 듯이 웃으면서 내 어깨에 팔을 둘렀다. 아, 배고프다. 뭐 먹을까. 어디로 갈래. 평소처럼 나른한 얼굴로 건들거렸다. 그래서 나 역시 아무 일도 없었다는 듯 웃고 말았다.

우리는 저녁 식사로 떡볶이와 튀김, 순대를 먹은 뒤 아트하우스 극장에서 재개봉한 영화 〈환상의 빛〉을 관람했다. 스타벅스에서 아메리카노를 한 잔 주문해 나눠 마시고는 인근의 무인 모텔로 향했다. 그런데 내가 샤워를 마치고 침대에 올라갔을 때, 네가 말문을 열었다. 왜 안 물어봐.

뭐를.

왜 안 물어보냐고.

나는 너에게서 몸을 떼어낸 뒤 상체만 일으켜 앉았다. 얼마간 머뭇거리다가 고개를 꺾어 침대 헤드보드의 모서리를 응시했다. 무슨 말인지 하나도 모르겠네.

모르겠다고?

어.

모르는 척하는 거야, 아니면 정말 모르는 거야.

나는 대답하지 않았다. 우리는 침묵 속에 앉아 있었고, 그 정적은 너와 나 사이의 무언가를 조금씩 구부러뜨리는 듯했다. 한참 만에 너는 긴 숨을 토해내며 말했다. 아, 그렇구나. 갑자기 헛웃음을 터뜨렸다. 너는 그게 되나 보네. 그런 사람이네.

그 밤, 우리는 섹스를 했다. 평소보다 거칠게 하지도 오래하지도 않았다. 어두침침한 모텔 복도를 빠져나와서는 대로변 교차로에서 헤어졌다. 초록불이 깜빡이는 신호등을 보고 내가 급하게 뛰어 건너갔을 때였다. 이건 좀 아닌데, 뭔가 정리가 안 됐는데, 하는 생각에 뒤돌아보자 큰길 저편에 서 있던 너는 나를 향해 손을 흔들어주었다. 내가 멀뚱히 있으니까 자기를 못 알아보나 싶었는지 머리 위로 두 팔을 뻗고 크게 흔들기까지 했다. 나는 그 모습을 멍하니 바라보기만 했다.

그뿐.

우리는 몇 달을 더 만났고, 어느 순간부터 만나지 않았다.

어째서 이 일이 떠오르는 걸까.

평소 내게 뭔가를 묻고 대답을 기다릴 때면 미세하게 꿈틀거리던 너의 턱 근육이 눈앞에 선했다. 연갈색 눈썹 아래 가늘게 찢어진 눈꼬리, 물기 어린 동공, 오목하게 눌린 인중과 도톰한 입술, 그 사이로 드러나던 앞니까지. 그 얼굴이 왜 하필 지금 다시.

어쩌면 그것이 우리의 마지막이었을지도 모르겠다.

긴 이별의 시작이었을지도.

나는 고개를 들어 집 안을 둘러보았다. 창문을 투과한 빛줄기 속에서 부유하는 먼지 입자들이 눈에 들어왔다. 가벼이 날아오르는 보풀들을 보고 있으니 시간이 더디게 흘러가는 듯했고, 한순간에는 모든 것이 멈춘 것처럼 느껴졌다. 실내는 고요했고, 정말이지 아무도 없었다. 아무도 없다니. 나는 손을 뻗어 내 방의 문고리를 쥐었다. 그대로 밀어젖히려는데 뒤편에서 먼저 달칵 소리가 들려왔다. 돌아보니 속옷 차림의 네가 느슨한 몸짓으로 안방을 빠져나오고 있었다. 상체를 낮춘 채 주변을 두리번거리고 있었다.

너는 아무도 없다는 걸 확인한 뒤 천천히 허리를 곧추세웠다. 슬며시 거실을 가로질러 내 쪽으로 다가왔다. 엉거주춤 서 있는 나를 통과하듯 지나쳐 방문을 열었고, 안으로 들어갔다. 너는 모직 스커트에 다리를 차례로 끼워 넣었다. 블라우스의 단추를 목 끝까지 채웠으며, 헝클어진 머리카락을 귀 뒤로 넘겼다. 무표정한 얼굴로 거울을 들여다보기도 했다. 방을 나와 현관문을 열기 직전에는 상체만 틀어 내가 서 있는 쪽을 건너다보았다. 그 얼굴. 이제껏 외면해왔던 그 얼굴을, 눈빛을, 나는 비로소 마주할 수 있었다.

너는 갔다.

나는 남겨졌고, 그걸 이제야 알았다.

*

짙푸른 어스름이 방 안을 메우고 있었다. 늦잠을 잔 탓인지 자정이 넘도록 뒤척이던 나는 부스스 몸을 일으켰다. 형광등 스위치를 누르고 거울 앞에 섰다. 딱히 부어오른 곳도 가려운 느낌도 없었다. 다 나은 걸까. 나는 시선을 들어 거울 속 얼굴을 자세히 살펴보았다. 푸석한 피부에 생기 없는 눈. 거뭇한 다크서클과 콧등의 모공. 언제부터였을까. 볼에 눌린 베갯잇 자국이 쉬이 사라지지 않았다. 이마의 여드름 흉터는 말끔하게 아물지 않았고 눈가의 주름은 날이 갈수록 선명해졌다. 시간이 몸에 새기고 간 흔적들을 발견할 때마다 암담한 기분에 사로잡혔다. 이렇게 나이 들어가는구나. 이대로 혼자…….

그러다 보면 생각하게 된다.

만약에 우리가 헤어지지 않았다면, 네가 여전히 내 곁에 있고, 전화 한 통이면 가던 길도 멈추고 달려와준다면, 나 역시 네가 아프다고 하면 밤늦게라도 택시를 잡아타고, 만나서 약을 챙기며 걱정해줄 수 있다면, 나란히 누워 시시콜콜한 이야기까지 빠짐없이 나누고, 웃고, 잠들기 직전에는 좋은 꿈을 꾸라며 귓가에 속삭여주고, 물론 지리멸렬하게 다투기야 하겠지만, 누구보다 서로를 상처 입히겠지만, 그럼에도 여전히 함께였다면 우리는 무엇이 되었을까. 무엇이 되어볼 수 있었을까.

그런 상상은 좀처럼 이어지지 않고, 아무리 노력해도 구체화된 적 없기에, 나는 그러한 미래를 꿈꾸지 않았다기보다 꿈꾸지 못했다는 생각이 든다. 감히 꿈꿀 수조차 없었다고 말이다.

그렇지만 시간이 흐른다는 것이, 나이를 먹어간다는 것이 간혹 위로처럼 느껴지기도 한다. 이대로 가을이 지나가면 겨울이 찾아온다는 뜻이니까. 희미하게 남아 있던 열기마저 사그라지고 나면 하얗고 차가운 눈송이가 흩날린다는 뜻이니까. 세상은 순백으로 물들 것이다. 얼어붙을 것이고, 종내에는 모두 녹아 사라지겠지. 사계를 겪고 난 자리에는 아무것도 남지 않을 것이다. 시간은 새로이 흘러들 것이고…… 봄이 올 것이다.

나는 선풍기를 틀고 그 앞에 쪼그려 앉았다. 입을 벌린 채 조그맣게 목소리를 냈다.

아—

나직한 음이 몸 안쪽에서 공명하듯 울렸다. 소리는 점점 커졌고, 마침내 나를 벗어나는 듯했다. 내 부름을 들은 누군가의 응답처럼 돌아오기도 했다.

불을 끄고 침대로 올라갔다. 나는 한쪽 팔을 이마에 얹은 채 호흡을 가다듬었다. 말간 어둠 속에서 뭉크러져가는 전등의 형태를 건너다보았다. 불 꺼진 형광등 안에서 가느다란 전류들이 어지럽게 배회하고 있었다. 은빛 실타래를 풀어놓은 듯 얇고 긴 갈래가 끊어질 듯 끊어지지 않고 맴돌았다. 그 궤적을 좇다 보니 어느새 시야가 아득해져…… 나는 침대 밖으로 손을 내뻗었다. 선풍기 타이머를 30분에 맞추었다.

고요한
열정

공중을 가로지르던 새 한 마리를 보았어. 그 궤적을 좇아 고개를 돌리니 앙상한 나뭇가지 사이로 빛줄기가 쏟아져 내렸다. 바람결에 젖은 이파리와 흙 내음이 가늘게 실려 왔어. 음력으로 12월 31일이었다. 설을 하루 앞둔 한낮의 도시, 그 속의 공원은 특유의 무성함과 소요를 잃은 채 유유자적한 분위기를 품고 있었어. 아무것도 서두를 게 없어 보이는 이들 틈에서 나는 양옆으로 포플러나무가 우뚝 선 산책로를 걸었다. 약속 시간이 30분쯤 남아 있었고, 늦잠을 잔 탓에 희미한 편두통에 시달리고 있었으므로. 차갑고 신선한 공기를 갈구하는 마음을 좇아 어째서인지 나는 돌아갈 곳을 잃은 미아처럼 걸었다. 혀를 빼문 레트리버와 함께 산책을 나온 노부부의 곁을 지나 회양목이 길게 늘어선 모퉁이를 돌았어. 그러다가 인근의 아파트 단지와 연결된 목재 계단에서 한 남자와 소년이 뛰어 내려오는 것을 보고 말았다.

남자는 뿔테 안경에 검회색 패딩 점퍼를 입고 있었고, 아이는 강아지 귀가 달린 연갈색 후드를 뒤집어쓴 차림이었어. 그들은 분홍빛 고무공을 바닥에 튕기며 내 앞에 쏟아지듯 나타났다. 그대로 산책로를 가로질러 공원 한복판의 풀밭으로 올라갔어. 영하의 기온에 회갈색으로 얼어버린 잔디밭에서 아이는 서투른 발길질로 공을 걷어찼다. 그러면 맞은편에 서 있던 남자는 다소 엉뚱한 방향으로 날아가는 공을 쫓으며 미소 지었지. 아이의 발치로 다시 공을 굴려주었고, 다시 터무니없는 방향으로 튀어 오르는 공을 따라가며 큰 소리로 웃음을 터뜨렸다.

그 환희.

방향이 어긋날수록 유쾌하게 미소 짓는 남자의 얼굴에서, 나는 어떤 열기에 취해 운동장을 뛰어다니던 너의 웃음소리를 떠올리고 말았어. 공중에 높이 떠오른 축구공을 향해 전력으로 돌진하던 너의 뒷모습도. 장난기 어린 얼굴로 수비수들을 제치던 너의 종아리와 허리의 곡선, 땀으로 젖은 유니폼의 목덜미, 거친 몸싸움으로 한순간 자욱하게 피어오르던 먼지구름까지. 구령대에서 아련하게 울려 퍼지던 휘슬 소리는 어

152

쩌면 내가 만들어낸 기억의 편린일지도 모르겠다.

그렇게 내가 잠시간 추억에 붙들려 옴짝달싹 못 하는 사이, 아이가 걸어찬 공은 완전히 궤도를 잃고 날아올랐어. 남자와 아이는 놀란 얼굴로 공을 좇아 내가 서 있는 방향으로 달려왔다. 그런데 근처를 지나던 아주머니가 순전히 선의를 발휘해 그 공을 다시 안쪽으로 차주었지. 지나친 의욕 탓인지 공은 높이 떠올라 건너편의 수풀로 떨어졌고, 남자와 아이는 내 앞에서 일제히 등을 돌리며 공이 사라진 방향으로 뛰기 시작했다.

그제야 알았어.

나는 우연하게 마주친 그 장면으로 인해 내가 오랫동안 염원해온 것이 무엇인지 깨닫게 되었다. 온전히 자각하지 못해 어렴풋하게만 감지하고 있던 소망의 정체를 뒤늦게야 확신하게 되었어. 그건 바로 남자와 아이가 내 앞에서 신이 난 몸짓으로 나란히 달려가는 뒷모습, 그러니까 너와 네 아이가 내 앞에서 충만한 기쁨에 휩싸여 함께 공놀이하는 모습을 내가 갖고 싶다는 것이었어. 그래, 나는 너뿐 아니라 네 아이까지 원했던 것이고, 너뿐 아니라 너로 인해 가능한 새로운 삶까지 영위하고 싶었던 것이다.

이런 열망을 누구에게 털어놓을 수 있을까.

언제부터인가 나는 밤이 이슥하여 잠자리에 들 때마다, 새벽에 절로 눈이 떠져 푸르스름한 빛에 물든 천장을 일별할 때마다, 귀갓길 지하철에서 문득 눈길을 돌려 검은 유리창에 비친 내 실루엣을 발견할 때마다, 너와 네 아이가 공을 쫓아 나란히 달려가는 뒷모습을 그려보게 되었어. 그것이 내가 남은 생에 간절히 염원할 단 하나의 이미지라는 사실을 깨닫게 되었다.

아마도 그건 네가 나와 연락을 끊은 뒤 한 여자의 남편이 되었고, 오래지 않아 한 남자아이의 아버지가 되었다는 소식을 전해 들은 탓일지 모르겠다. 대학 동기이자 군대 선임인 민준의 결혼식에서 우연히 마주친 부대원들이 일러준 너의 교통사고와 이혼, 양육권 분쟁 소식 때문인지도 모르겠어. 그런데 새해를 앞둔 이 시점에, 온 가족이 한자리에 모여 앉아 먹을 것을 나누고 서로의 안위와 미래를 가늠해볼 이 시기에, 너와 네 아들이 어디에서 무엇을 하고 있을지 감히 내가 헤아려봐도 괜찮은 것일까. 이제라도 내가 두 사람을 만나 회한으로 점철된 삶을 재건하려 노력해봐도 무방한 것일까.

그렇지만 너를 만나게 된다 해도, 너와 네 아들 앞에 선다 해도 내가 무슨 말을 할 수나 있을까 싶다. 어째서 나 같은 삶에는 단 하나의 예시조차 존재하지 않는 것일까. 나 같은 사람들은 대체 어떠한 생을 견디다가 이렇다 할 흔적도 남기지 못한 채 사라져버린 것일까. 나는 그들처럼 소거되고 싶지 않을 뿐이다. 더 이상 후회를 남기고 싶지 않을 뿐이야. 이토록 너를 그리워하는 이가 세상 어딘가에 존재한다는 사실을, 언제든 돌아와도 좋을 자리가 여기 있다는 사실을 너에게 전해주고 싶을 뿐이다. 차마 어떤 대답을 듣지 못해도 괜찮아. 이제 내게 남은 바람은 그것뿐이다.

*

연수는 하마터면 편지를 구겨버릴 뻔했다. 자기도 모르는 사이 어깨와 팔, 손가락에 잔뜩 힘이 들어간 탓이었다. 그녀는 편지지를 제 허벅지에 가져다 댄 채 잔주름을 펴보려고 노력했다. 소용없었다. 다리미를 써볼까. 잠시 고민이 들었지만 고개를 저었다. 그런 짓은 너무 엄마 같지 않은가.

동생이 집을 나가버린 지 열흘째 되는 아침이었다. 서른셋이나 처먹고 누나랑 말다툼 좀 했기로서니 가출을 하다니. 휴대전화는 꺼져 있었고 행방을 적은 메모조차 남아 있지 않았다. 왜 이러는 거야. 갈 데도 없는 애가. 하지만 집을 나가라고 먼저 권한 사람은 연수였다.

이딴 식으로 할 거면 나가. 나가서 혼자 살라고, 이 새끼야.

그 밤, 연후는 평소처럼 말없이 제 방으로 들어가 문을 잠가버리는 대신 백팩을 벗어 바닥에 내팽개쳤다. 적당히 좀 해. 눈을 동그랗게 뜨고서 누나를 쳐다보았다. 말을 왜 그따

위로 하는 거야. 방 한 칸 내준 걸로 매번 이렇게 유세를 떨어야겠어?

어머, 얘 말하는 것 좀 봐. 쪼그만 게 어디서 까불어.

하. 연후는 미간을 찌푸린 채 거의 울 것 같은 목소리로 말했다. 내가 쪼그매? 키가 180인데? 누나는 어째서 나를 한 번도 존중해주지를 않아.

존중? 연수는 피식 웃으면서 팔짱을 꼈다. 놀고 있네. 내가 널 업어 키웠어, 이 새끼야.

아악. 연후는 오른손으로 제 앞머리를 할퀴다시피 넘겨댔다. 그놈의 새끼, 새끼. 그런 식으로 부르지 좀 말라고. 나는 누나 아들이 아니야.

누가 아들이랬나. 연수는 편지지를 접어 원래 들어 있던 감색 봉투에 집어넣었다. 새삼 겉봉의 앞뒤를 살펴보았으나 어디에도 수신인의 이름은 적혀 있지 않았다. 애초에 발송할 의향 따위 없었던 것일까. 이렇게 절절한 편지를 써놓고 차마 보내지 못한 마음에 대해, 그러한 심정으로 무력하게 흘려보냈을 나날에 대해 연수는 짐작되는 것이 하나도 없었다. 설을 하루 앞둔 낮에 동생이 누구를 만나기 위해 외출했다가 공원에 들렀는지도, 불면으로 뒤척이다가 어떤 얼굴로 책상 앞에 앉아 이런 글을 써 내려갔는지도, 왜 이걸 서랍 맨 아래 칸에 처박아둔 채 아무렇지 않은 척 지내왔는지도 알지 못했다. 다만 연수는 제 남동생이 이성이 아닌 동성에게 호감을 느낀다는 사실을, 녀석이 털어놓기 훨씬 이전부터 알고 있었다. 짐작이 아니라 확신했고, 뭐 그런가 보다 하고 말았다.

어린 시절, 또래 남자아이들이 우르르 몰려다니며 여자아이들의 치마를 들추거나 유리창을 깨먹는 등 멍청한 사고를 치는 동안 연후는 제 방에서 노란색 기린이 수놓아진 담요를 두른 채 동화책을 읽거나 그림을 그렸다. 초등학교 2학년 무렵에는 어버이날 편지에 앞으로 효도할 테니 곰돌이 푸 인형을 사달라고 썼고, 고학년이 되어서는 건담이나 레고보다 〈달의 요정 세일러문〉에 나오는 머큐리를 좋아해 방 벽면에 캐릭터 포스터를 잔뜩 붙여놓기까지 했다.

연수가 기억하기로 부모는 물론 친지 중에서도 아이의 그런 성향을 우려하거나 교정하려 든 사람은 없었다. 아버지는 아들이 원하는 대로 문구점에 가 곰 인형을―푸가 뭔지 몰라서 적갈색 테디베어 인형을―사다 주었고, 어머니는 저녁 6시만 되면 밥상을 물리고 텔레비전 앞으로 쪼르르 달려가 〈천사소녀 네티〉―밤마다 수녀원에 가서 무사히 도둑질하게 해달라고 기도하는 여자애가 나온다―를 시청하는 아들을 내버려두었다. 한번은 연후가 안방에서 어머니의 초록빛 블라우스와 연수의 롱스커트 차림으로 화장을 하다가 걸렸을 때에도 그걸 대수롭지 않은 장난으로 여겼다. 부모에게 연후는 담당 의사의 말마따나 황량한 사막 한가운데서 꽃이 피어날 확률로 생긴, 첫딸을 낳고 12년 만에 기적적으로 잉태한 늦둥이 아들이었으니까. 5대 독자의 외아들이며 장손이었으니까.

그래서였을까.

부모는 연후를 아들이라기보다 철부지 손자처럼 대했다. 한 대를 건너뛰어야만 보일 수 있는, 한없이 너그러운 아량과 포용이 그들 사이에는 존재하는 것 같았다. 연수는 자신이 그러한 혜택을 전혀 누리지 못했다는 사실을 잘 알고 있었다. 부모는 장녀에게 ─ 여느 가정이 그러하듯 ─ 엄격했고, 여자다운 것이 무엇인지 끈질기게 주입하려 들었으며, 그들의 삶이 얼마나 고단하고 피폐한지를 ─ 듣고 싶지 않다고 했음에도 ─ 끊임없이 털어놓았다. 그러므로 군 복무를 마치고 스물세 살이 된 연후가 이 가문의 대는 자신으로 끝장났다는 사실을 공표했을 때, 한 달 가까이 몸져누워 전환 치료를 권하는 부모를 지켜보며 연수는 고소함을 느꼈다.

그놈의 대가 뭔지, 아들이 뭔지.

계절이 바뀌는 내내 연후를 설득하려고 애쓰던 부모는 ─ 그래도 결혼은 해야지, 자식은 낳아야지, 살면서 변할 수도 있잖아 ─ 끝내 배신감과 노여움의 대성통곡을 끝으로 은퇴 이민을 떠났다. 4월 초순임에도 잿빛 싸라기눈이 흩날리던 어느 오후, 부모는 남매를 불러 앉혀놓고 니들 몫으로 남겨줄 재산은 한 푼도 없으며, 자신들은 태국 치앙마이로 가 조용히 여생을 보낼 계획이라고 통보했다.

어쩜 골라도 동성혼 합법화 문제로 가장 떠들썩한 나라를 고른 것인지.

연수는 그 후로 소식 한번 전해오지 않는 부모를 떠올릴 때마다 아, 모르겠다, 노친네들, 하며 어깨를 으쓱하고 말았다.

남매가 한집에서 살게 된 지는 5년이 조금 넘었다. 독립 후 오롯이 제힘으로 생활을 꾸려가던 연후는 대학원 입학을 계기로 난생처음 누나에게 도움을 청했다. 한 학기 등록금만 4백만 원이 넘었기에, 누나의 집에 방 한 칸을 얻는 대가로 청소와 빨래, 허드렛일, 아침 식사를 도맡겠다고 한 것이다. 그 무렵 연수는 치과의사 남편과 협의 이혼한 대가로 받은 32평형 아파트를 어떻게 처분할지 고민 중이었다. 딱히 동생의 부탁이 없었더라도 절반쯤은 투자 목적으로 구매한 집을―조만간 재건축 선정지로 유력하다고 했다―꼴 보기 싫다는 이유만으로 팔아버리기엔 아쉬움이 남으리라 판단했다. 물론 재건축 사업이 5년 넘게 지지부진할 줄 모르고 내린 결정이었다.

섹스는 밖에서 해. 나도 그럴 테니까.

연수가 동생에게 추가로 요구한 사항은 그뿐이었다. 어느 날 현관문을 열고 들어왔는데 연후가 다른 남자랑 알몸으로 뒹구는 장면을 목격하는 상황만은 피하고 싶었으니까. 그 반대의 경우 역시 마찬가지였다.

좋아. 그럼 나도 한 가지만 부탁할게. 내 방에는 일체 신경 쓰지 말아줘. 같은 집에서 지내더라도 서로 사생활은 지켜주자고. 나도 누나가 어떻게 살든 간섭하지 않을 테니까.

연수의 우려와 달리 연후는 누군가를 집에 몰래 들이거나 연애를 하는 기미조차 보이지 않았다. 매일 아침, 식사를 마치면 트레이닝복 차림으로 가방을 메고 나갔고 밤 9시를 넘겨서야 지친 기색으로 돌아왔다. 절기에 따라 일정이 한두 시간 정도 앞당겨지거나 늦춰졌을 뿐, 동생의 하루는 대동소이했다. 무슨 고시생도 아니고 일과가 학교 수업과 과제 준비, 개인 작업, 스터디, 아르바이트뿐이었다. 연후는 누구도 그러라고 권하지 않았으나 스스로 설정해둔 과업들을 이행하느라 분주해 보였고, 불행해 보였다. 석사 과정을 마친 후에도 이렇다 할 직업을 얻는 것은 포기한 채 거의 하루도 빠짐없이 도서관이나 카페로 가 소설인지 뭔지를 쓰는 듯했다.

너 그러다가 좆된다.

늦은 밤, 거실 소파에 앉아 와인을 홀짝이던 연수는 귀가한 동생을 향해 밑도 끝도 없이 설교를 퍼부었다.

야, 너는 뉴스도 안 보니? 네가 지금 하는 그런 거, 태반이 연봉 백만 원도 안 된대. 와, 대박. 그럼 월급이 한 8만 원쯤 되는 거니. 연수는 손가락을 꼽아보다가 가죽 소파를 탁탁 내리치며 실소를 터뜨렸다. 88만원 세대 다음은 8만원 세대야? 내가 한 달에 커피값만 그 정도 쓰겠다.

그러면 연후는 대꾸도 없이 방문을 쾅 닫고 들어가버렸다. 술 취한 누나가 빈 와인잔을 소파 옆 테이블에 내버려둔 채 제 방 침대로 기어들어가 잠들 때까지 코빼기도 내비치지 않았다. 이따금 연수는 잠에 빠진 척 코골이를 하며 문밖에서 동생이 뭘 하는지 귀 기울여 듣곤 했다. 연후는 누나가 잠들면 조심스레 문을 열고 나와 샤워를 한 뒤 베란다의 세탁기를 돌렸다. 건조대에서 마른 옷가지와 수건을 가져와 개켰고, 휴대전화로 류이치 사카모토의 피아노 연주곡을 낮은 볼륨으로 틀어놓은 채 개수대에 쌓인 그릇들을 설거지했다. 다음 날 아침에 먹을 샐러드도 준비했다. 퀴노아를 체에 받쳐 물로 씻은 다음 5분간 삶아 밀폐용기에 옮겨 담았고 파프리카와 양상추, 달걀, 베이컨도 손질했다.

참 잘해. 내 동생이지만 정말, 누구 못지않게 부지런하고 꼼꼼한 아이야. 저렇게 성실한 애가, 그냥 남들 하는 일만 해도 버젓이 먹고는 살 애가 대체 왜 저러는 걸까. 어째서 하지 말라는 짓만 골라서 할까. 게이인 걸로도 모자라 가난하기까지 하면 뭘 어쩌겠다는 거야. 네가 너 자신을 보호할 수 없게 되면 어떡할 거냐고. 이러니 내가 속이 터지니, 안 터지니.

그러는 와중에 말다툼이 벌어졌고 동생은 집을 나가버렸다. 심란한 마음에 뜬눈으로 밤을 지새우던 그녀는 사흘째 되는 날, 연후가 다녔던 대학원 조교실에 전화를 걸었다. 개인정보보호법이고 뭐고 동생이 행방불명됐다고 사정하며 대학원 동기들의 연락처를 물었다. 연후가 이 사실을 알게 되면 또 한바탕하려 들겠지 싶었으나 별다른 수가 떠오르지 않았다. 그런데 이놈의 예술대학원 동기라는 게 뭔지…… 그들은 서로의 안위나 행적에 대해 제대로 아는 것이 하나도 없는 듯했고, 묻는 말에도 대개 퉁명스럽고 애매한 태도로 일관했다.

그러니까 어디로 갔을지 안다는 거니, 모른다는 거니?

글쎄요. 제가 그걸 알지도 못하지만, 설령 안다고 해도 그걸 알려드리는 게 맞는지 잘 모르겠네요.

그게 무슨 말이니?

음, 이건 제 생각인데요. 연후가 세 살 먹은 애도 아니고, 제 발로 집을 걸어 나갔다면요. 누님께서도 찾지 않는 편이 낫지 않을까 싶은데요. 그게 연후를 위한 일 아닐까요.

세상에, 너 뭐니. 그게 말이야, 방구야.

혹시나 하는 마음에 전공 교수들에게까지 문자를 보내놓고 기다려봤으나 별 소득은 없었다. 그래서 닷새째 되는 날,

연수는 굳게 잠겨 있는 동생의 방문을 열기 위해 열쇠공을 불렀다. 드라마나 영화에서 보듯 간단한 조치로―플라스틱 카드나 머리핀 같은 걸로 탁―문을 열 수 있으리라 여겼는데 열쇠공은 전동 드릴을 가져와 자물쇠를 부순 다음 아예 뽑아버렸고, 새로운 자물쇠와 설치 비용까지 함께 청구했다. 그 탓에 바짝 약이 오른 연수는 갑자기 동생이고 나발이고 다 꼴도 보기 싫어져서 밤늦게까지 호텔 바에 앉아 위스키를 마셔댔다. 며칠간 연후의 방문 쪽으로는 눈길조차 주지 않았다. 그러다가 역시 만취한 상태로 귀가하여 곯아떨어진 밤, 연수는 불길한 꿈을 꾸었다. 그건 동생이 학창 시절에 이렇다 할 말도 없이 사라져버린 일―다행히 일곱 시간 만에 굴다리 밑에서 찾아 데려왔다―그러니까 녀석이 중학생 때 반에서 겪었다는 집단 괴롭힘에 관한 꿈이었다.

사실 연수는 그 일에 관하여 제대로 들은 바가 하나도 없었다. 부모가 워낙 쉬쉬한 일이었고, 당시 그녀는 대학 졸업을 앞두고 임용 고시 준비와 교생실습을 병행하느라 눈코 뜰 새 없이 바빴기 때문이다. 그런 이유가 아니더라도 연수가 나이 터울이 큰 남동생에게 특별히 관심을 기울인 적은 한 번도 없었다. 부모의 애정과 기대를 독차지하고 있는 연후에게 굳이 자신까지 신경을 쏟아야 할 필요를 느끼지 못했던 것이다. 남자 중학교에서 벌어졌을 괴롭힘이라는 게 다소 빤하게 여겨진 탓도 있었다. 호르몬 과잉으로 반쯤 미쳐버린 애들이 저희와 조금이라도 다르게 굴거나 나약한 존재를 단지 다르거나 나약하다는 이유만으로 조롱하고 못살게 구는 것. 인간 본성에 깊숙이 새겨진 악의가 팽창하는 육체의 힘에 깃들어 여과 없이 타인에게 쏟아져 나오는 것.

언제였던가.

그건 연수가 교생실습을 하던 중학교에서 복도를 지나다가 우연히 목격한 일이기도 했다. 소란한 기척에 고개를 돌려보니 교실 뒤편에서 오렌지색 체육복을 입은 남자아이들이 둥그렇게 모여 선 모습이 눈에 들어왔다. 아마도 체육 시간을 앞두고 옷을 갈아입은 듯했다. 그중에서 누가 봐도 몸집이 크고 턱에 수염까지 난 아이가 상대적으로 왜소하고 안경을 쓴, 잔뜩 주눅이 든 아이의 어깨를 양손으로 붙들고 있었다. 야, 이건 어때. 덩치 큰 아이는 여봐란듯이 안경 쓴 아이의 체육복 바지를 홱 잡아 내렸다. 바로 뒤에 달라붙어 제 앞섶을 문질러댔다. 씨발년, 존나 맛있네.

순간 교실 곳곳에서 터져 나오던 웃음소리.

그 밤, 연수는 거의 진저리를 치듯 잠에서 깨어났다. 연후야. 불도 켜지 않은 채 거실을 가로질러 동생의 방문을 열어젖혔다. 연후의 침대 이불 속으로 들어가 웅크리듯 누웠고, 두 팔로 서늘한 베갯잇을 꼭 끌어안았다. 미안해. 그녀는 다시 혼곤한 잠에 빠져들며 중얼거렸다. 모른 척해서 미안해.

이튿날, 퉁퉁 부은 눈으로 깨어난 연수는 우유에 시리얼을 부어 먹은 뒤 동생의 방을 살펴보기 시작했다. 행방을 추적할 만한 증거를 찾기 위해 책상과 옷장은 물론이고 침대 매트리스 아래까지 샅샅이 뒤졌다. 특별한 것은 없었다. 연수는 이케아 선반에서 푸른색 라 사르디나와 후지필름 통을 발견하고서야 동생이 한때 로모카메라에 빠졌었다는 사실을, 운동화 박스에 차곡차곡 모아놓은 블루레이들을 발견하고서야 연후가 한때 알모도바르와 아녜스 바르다를 흠모했으며 근래에는 알폰소 쿠아론의 필모그래피에 흥미를 느끼고 있다는 사실을 알게 되었다. 한쪽 벽면을 가득 채운 책장에 다섯 권 이상 저서가 꽂힌 작가는 롤랑 바르트, 페터 한트케, 하인리히 하이네, 신경숙 정도였다.

동생의 취향과 관심사는 당장 필요한 수사에 도움이 되지는 않았지만 연수의 마음 한구석을 뭉클하게 만들었다. 애가 이런 걸 다 보고 읽었단 말이지. 해독할 수조차 없는 프랑스어 원서와 현대철학 수업 커리큘럼 따위를 들여다보면서 그녀는 새삼 동생이 다 컸구나, 하고 느꼈다. 읽던 동화책을 가져와 울먹이는 목소리로 여기서 왜 제비가 죽느냐고, 사람들을 도우며 착하게 살았는데 왜 머리가 깨져 죽느냐고, 누나도 죽느냐고 귀찮게 물어보던 동생은 어디로 갔을까. 어, 다 죽지. 나도 죽고 너도 죽어. 그러니까 살아 있을 때 즐겨라. 나갈 때 방문 꼭 닫고. 그러다가 연수는 책장 맨 위에 놓인 서류 봉투에서 동생이 모 출판사와 맺은 계약서를 발견했다.

왜 나한테 말을 안 했대.

그녀는 대책 없이 사는 것만 같던 동생이 알아서 제 앞가림을 차근차근 해나가고 있었구나 싶어 대견하면서도 한편으로는 부아가 치밀었다. 나는 뭐, 이제 말도 안 통하는 사람이라 이건가. 이게 누나를 노친네 취급하고. 더는 사용하지 않는 넷북과 공유기, 스크랩북 따위로 가득한 서랍 맨 아래 칸에서는 문제의 편지를 발견했다. 아무리 봐도 동생의 필적이 분명했다.

혹시 이 남자를 찾아간 걸까.

연수는 그럴 리 없으리라 여기면서도 딱히 갈 만한 데가 없는 동생이 한 번쯤은 그에게—궁지에 몰린 이들이 대개 불가해한 행동을 저지르고 말듯이—연락을 취하지 않았을까 하는 의구심을 떨치지 못했다. 그래서 고심 끝에 편지에 적힌 내용을 토대로 연후가 졸업한 경영대학교 행정실에 전화를 걸었다. 이번에도 빌다시피 사정하여 동기 중에 민준이라는 이름을 가진 이들의 연락처를 알아냈다. 다행히 세 번째 만에 연후를 기억하는 남자를 찾아낼 수 있었다. 그는 군대와 이혼, 양육권 분쟁이라는 말을 듣자마자 아, 정주영이요, 라고 대꾸했다. 잠시만요. 아직도 연락하는 애들이 있긴 할 거예요. 알아보고 말씀드릴게요. 그런데 연후가 뭘 어쨌다고요, 실종이요?

*

어룽거리던 빛이 사위며 저녁이 내려앉고 있었다. 맞은편에서 한 무리의 차가 헤드라이트를 번쩍이며 쏟아지듯 밀려왔다. 연수는 교차로 신호등 아래에서 초조한 기색으로 입김을 뱉어냈다. 어느덧 퇴근 시간대였고, 그녀는 붐비는 인파에 섞여 자기도 모르게 코트 안주머니에 든 편지를 만지작거렸다.

만나서 동생의 행적만 물어볼까. 아니면 이 편지도 전해줄까.

연수는 아무것도 결정하지 못한 채 떠밀리듯 횡단보도를 건넜다. 서늘한 바람에 너풀거리는 코트 깃을 단단히 여몄고, 지도 앱이 가리키는 대로 좁고 한갓진 길목으로 들어섰다. 듣기로 그 남자는 합정역 인근에 위치한 바른손지압센터에서 근무한다고 했다. 일찍이 물리치료와 상담심리를 전공하여 입대 전부터 관련 자격증을 두루 갖추고 있었다고, 타고난 운동신경과 사교성으로 군 복무 내내 장교와 병사들의 사랑을 독차지했다고 말이다.

사랑을 독차지하다니.

그것참 약 오르네, 라고 연수는 생각했다. 돌이켜보면 제 동생은 스물셋 이후로, 그러니까 부모에게 제 정체성을 드러낸 이후로 누구에게서도 온전한 사랑을 받지 못한 것 같았다. 물론 드러내지 않는 방식으로 누군가와 만나고 사귀었을지도 모르는 일이지만 적어도 그녀가 아는 한에서, 그러니까 제 눈으로 지켜본 한에서 동생은 늘 혼자였다.

바른손지압센터는 다세대주택과 신축 오피스텔이 죽 늘어선 골목 끄트머리에 있었다. 혹여 불법 안마 시술소이면 어쩌나 염려되어 그녀는 먼발치에서 빌딩 외관부터 살폈는데, 3층에 걸린 간판에 '바른손'이라는 단어 옆으로 기도하듯 두 손을 모은 그림이 있었다. 그 조악한 이미지가 어째서인지 경계심을 늦추는 데 도움이 되었고, 연수는 건물 안으로 들어가 엘리베이터의 버튼을 누를 수 있었다. 그러나 정수리 위쪽에서 덜컹하는 소리가 들려온 순간 육중한 쇳덩이가 자신을 향해 내려오는 기척을 느끼며, 견디며, 지금이라도 돌아갈까, 도망갈까 궁리했다. 문득 이게 다 뭐 하는 짓이지 싶었고, 전화로 수소문할 때 연후의 친구들이 보였던 반응처럼 서른셋이나 먹은 남자가 제 발로 집을 나갔는데 왜 이렇게까지 찾으려고 드나, 나야말로 정신을 좀 차려야 하나, 누구에게서도 온전한 사랑을 받지 못해 약간 돌아버린 사람은 연후가 아니라 자신일지도 모르겠다고 생각했다. 나야말로 애정 결핍에 집착증 환자인지도 모르지.

3층에서 내리자 바로 왼편에 초록색 입간판과 유리문이 보였다. 밀고 들어가니 데스크 안쪽에서 모니터를 들여다보던 중년 여자가 상냥한 얼굴로 알은체를 했다. 그녀는 정주영 선생님이요? 라고 되묻고는 마우스와 키보드를 빠르게 두드렸다. 바로 예약 잡아드릴게요. 어떤 코스 원하시나요?

아, 저는 잠깐만 보면 되는데.

그럼 집중관리 말고 틈새관리로 받으시겠어요? 여자는 자리에서 일어나 코팅된 가격표를 데스크 위에 좌르륵 펼쳐놓았다. 처음이시니까 할인가로 4만 원에 가능하세요.

할인이라. 연수는 여자가 적극적인 몸짓으로 내민 팸플릿에서 국가공인관리사, 거북목과 어깨 통증 치료, 숙취 회복, 힐링, 같은 문구를 일별했고 그렇지 않아도 요 며칠 폭음과 수면 부족으로 엉망이 된 제 육신을 떠올렸다.

손님인 척 얼굴만 볼까.

연수는 얼결에 카드를 내밀어 집중관리 코스를 결제했다. 탈의실에서 노란색 티셔츠와 면바지로 갈아입었고, 족욕실로 가 라벤더 오일이 풀린 온수에 발을 담근 채 유기농 녹차를 홀짝였다. 머릿속으로는 뭐지, 나 왜 이러고 있지, 하면서도 겉으로는 태연자약하게 족욕을 즐겼다. 자신이 어떤 흐름을 타버렸고, 이제는 떠내려가는 부목처럼 제게 다가오는 상황을 받아들일 수밖에 없다는, 반쯤은 체념 상태에 접어들었다. 연수는 동생이 사라진 후로 자신이 삶을 컨트롤하고 있다는, 할 수 있다는 믿음을 거의 잃어버린 것 같다고 생각했다. 아니, 훨씬 이전에 잃어버렸는지도 몰랐다. 그건 남편이 제 병원에서 근무하던 간호조무사와 바람을 피웠을 때―새파랗게 어린 여자애였다―그럼에도 가정은 유지하고 싶다고 멀끔한 얼굴로 제안해 왔을 때―그 애는 나한테 어떤 감각을 일깨워줘. 내 안에 있는지도 몰랐던 것―그녀가 불같이 화를 내며 이혼 서류를 내민 때부터였는지도 몰랐다.

외도를 알기 전까지 연수에게 남편의 사랑은 하나도 중요하지 않았다. 그건 결혼 전부터 연수도 알고 남편도 아는 사실이었다. 그런데 연수는 남편이 둘 사이에 아무것도 없음을 드러낸 순간, 그러니까 사랑의 부재를 전면화한 순간, 그 이유로 남편을 떠났다. 애초에 사랑 같은 거 하자고 결혼한 사이도 아니잖아, 라는 남편의 물음에 그래, 애초에 사랑 같은 거 하자고 결혼한 사이도 아니잖아, 하며 이혼 도장을 찍은 것이다. 연수는 한참 후에야 그것이 남편을 빼앗겼다는 상실감이 아니라 자신이 사랑으로부터 외면받았다는 박탈감에서 비롯한 분노였음을 깨달았다. 그러한 사실을 남동생의 전 남자가 일한다는 지압센터에 와서 라벤더 족욕을 하는 와중에 떠올렸다.

인생, 참 거지 같고.

연수는 숨을 길게 뱉어내며 벽에 기대앉았다. 등줄기를 타고 오르는 열기에 점차 눈앞이 흐릿해지는 것을 느꼈다.

지압실은 공기청정기와 가습기로 인해 좁지만 쾌적했다. 곳곳에 설치된 할로겐등이 따스하고 편안한 분위기를 조성하는 데 한몫하는 것 같았다. 연수는 여자가 안내해준 대로 방 한가운데 놓인 침대에 반듯한 자세로 누웠다. 어디선가 은은하게 흘러나오는 아로마 향을 맡으며 숨을 골랐다. 오래지 않아 미닫이문이 열리면서 건장한 체격의 남자가 안으로 들어섰다. 수술복처럼 푸르고 얇은 소재의 옷차림이었다. 남자는 연수의 머리맡으로 다가와 나직한 목소리로 인사를 건넸고, 몸의 어느 부분이 가장 불편한지부터 물었다.

허리요. 작년부터 계속 허리가 안 좋네요. 긴장한 탓인지 연수는 남자의 얼굴을 제대로 쳐다보지 못했다. 겨우 대답한 뒤 남자가 이끄는 대로 오른쪽 벽면을 보는 자세로 누웠다.

어깨는 어떠세요? 여기도 많이 뭉치신 것 같은데요. 남자는 연수의 뒤에 서서 엄지와 검지로 그녀의 목덜미를 꾹꾹 눌렀다.

아, 거기도 아파요. 종아리도 아프고요. 어디 하나 멀쩡한 데가 없어요.

남자는 사람 좋게 웃으면서 다들 그렇죠, 하고 말했다. 이
내 본격적으로 지압을 시작했다. 연수는 눈을 감은 채 한동안
제 목과 견갑골을 집요하게 누르는, 공략하는, 고통스럽게 압
박하는, 그렇지만 묘한 쾌감을 자아내는 손길에 집중했다. 완
고한 압력이 한 번도 의식해본 적 없는 부위를 짚어낼 때마다
절로 신음이 새어 나왔다. 여기는 어떠세요? 괜찮으세요? 남
자가 그렇게 묻는 곳마다 괜찮은 곳이라곤 하나도 없었다.

저 엉망이죠. 연수는 무심코 물었다. 몸이 완전히 비뚤어져
있지 않나요?

남자는 으음, 하면서 생각해보더니 사람은 누구나 조금씩
비뚤어져 있다고 답했다. 좌우가 딱 맞는 사람은 없어요.

그렇지만 딱 맞아야 정상이잖아요. 아니에요?

남자는 어, 하면서 뜸을 들이다가 그러게요, 라고 놀랍다는
듯이 말했다.

선생님도 비뚤어졌어요? 눈을 감고 있어서인지 연수는 스
스럼없이 질문을 던졌다.

저도 비뚤어졌어요. 말도 못 합니다. 남자는 지압을 멈추지
않으면서도 안정적인 호흡을 유지했다. 그런데 여긴 어떻게
알고 오셨어요? 제 이름도 아신다고 들었는데, 누구 소개받고
오신 건가요.

아. 연수는 짧은 망설임 끝에 입을 열었다. 동생이요. 동생이 추천해줬어요.

그렇군요. 남자는 더 이상 캐묻지 않았다. 말없이 한참을 지압한 다음 느릿하게 손을 떼어내며 물러섰다. 이제 천장을 보는 자세로 누워보실래요?

연수는 남자가 시키는 대로 했다. 그러면서 슬쩍 눈꺼풀을 들어올렸고, 제 발치에서 상체를 반쯤 숙이고 있는 남자의 옆모습을 건너다보았다. 각진 턱에 우뚝한 코. 머리숱이 많고 서글서글한 인상을 지닌, 마흔쯤 되어 보이는 남자였다. 이런 취향이었어? 불쑥 웃음이 터져 나오려는 것을 그녀는 눈을 감고 아랫입술을 깨물며 참아냈다.

혹시 간지럼 타시나요? 남자가 연수의 왼쪽 발목을 양손으로 쥐며 물었다.

타죠. 엄청 타요.

용케 잘 참고 계시네요. 그러더니 곧게 편 다리를 대각선 방향으로 천천히 들어올렸다. 이러면 어떠세요. 괜찮으신가요?

아, 아픈데 시원하네요.

그렇죠. 회복에 앞서 아픔이 있는 거예요. 남자는 얼마간 그 동작을 반복하다가 연수의 오른 다리도 번갈아 같은 방식으로 들어올렸다. 이런 식으로 스트레칭을 해주면 허리 통증이 완화될 겁니다.

허리가 아픈데 왜 다리를 들어 올려요?

남자는 어 그게, 하면서 말을 고르더니 조그맣게 웃음을 지었다. 배탈이 나면 바늘로 손가락을 찔러 피를 내잖아요. 뭐, 그런 거죠. 남자는 연수의 오른 다리를 침대 위에 살포시 내려놓았다. 아무 상관이 없어 보여도 실은 다 연결되어 있거든요.

연수는 눈꺼풀을 들어올렸다. 문득 그런 말을 하는 남자의 얼굴이 보고 싶었다.

다리에 여기. 남자가 손끝으로 연수의 허벅지와 골반 사이를 지그시 눌렀다. 여기가 장요근이라고, 허리랑 연결되어 있는 근육이에요. 방금 했던 대로 이 부위를 자주 스트레칭해서 풀어주세요. 그러더니 상체를 일으키며 한 걸음 물러섰다. 이제 엎드려보시겠어요?

그때 연수는 알아차렸다. 당황스러워 딸꾹질이 새어 나올 정도였다. 자세히 보니 남자의 두 눈은 멀어 있었다. 그의 한 눈은 반쯤 감겨 있다시피 했고 다른 눈의 초점은 엉뚱한 쪽을 향하고 있었다. 팸플릿에서 스치듯이 본 시각장애인 안마사, 라는 단어가 떠올랐다. 그사이 남자는 벽을 짚은 채 방의 한 구석으로 향하고 있었다. 선반에 놓인 플라스틱 바구니를 더듬어 흰색 무명천을 찾아 쥐었다. 그 네모난 천은 한가운데가 동그랗게 뚫려 있었다.

제가 앞이 잘 안 보여서 그러는데요. 남자는 조심스레 다가

와 연수의 베개를 옆으로 치우며 말했다. 베개가 놓여 있던 자리에는 사람 얼굴만 한 크기의 구멍이 나 있었다. 이걸 여기에 좀 깔아주시겠어요?

연수는 그걸 깐 뒤 구멍에 얼굴을 끼워 넣는 자세로 엎드렸다. 그가 지시한 대로 두 팔을 침대 밖으로 늘어뜨렸고 경직된 몸에서 힘을 빼기 위해 부단히 애썼다. 얼굴을 묻는 자세로 엎드린 덕에 지금의 제 얼굴을, 감정을 그에게 들키지 않을 수 있어 천만다행이라 여겼다. 눈이 보이지 않는다고 하여 그 사람 앞에서 표정을 편하게 지을 수 있는 이가 과연 있을까 싶었다. 애당초 이곳을 찾아오지 말았어야 한다는 생각도 뒤미쳤다. 이 남자에게도, 연후에게도, 아니 누구에게도 털어놓지 못할 잘못을 저지른 것 같다고, 그것이 작고 단단한 돌멩이처럼 마음 한편에 오랫동안 남을 것 같다는 예감이 들었다.

이윽고 남자는 실례합니다, 하면서 연수의 오른편에 걸터앉았다. 그녀의 등허리를 천천히 주무르기 시작했다. 그 부위는 지난해부터 연수가 상체를 앞으로 숙일 때마다—아침에 머리를 감으려고 할 때마다—저릿한 통증을 느끼던 곳이었다. 그래서인지 연수는 어깨나 목과는 사뭇 다르게 쾌감이 아닌 고통만을 느꼈다. 남자가 힘을 주어 환부를 누를 때마다 터져 나오려는 비명을 삼키느라 몸을 잘게 떨었다.

아프면 말씀하세요. 압을 줄이면 되니까요. 참으시면 안 됩니다.

하지만 연수는 그 통증을 고스란히 감내하기로 마음먹었다. 회복에 앞서 아픔이 있는 것이리라. 그녀는 어금니를 깨물고 버텨냈다. 그렇게 해야만 고질병이 호전되리라는 계산도 있었으나, 한편으로는 그러한 통증이 지금의 자신에게 긴요하리라는 예측도 있었다. 그녀는 아프고 싶었고, 울고 싶었다. 아이처럼 소리 내어 울어본 게 언제인지 도통 기억이 나지 않았다. 이혼 후 밤마다 신열이 나고 생리 주기가 불규칙해져 찾아간 병원에서 조기 폐경을 진단받았을 때조차 그녀는 눈물을 흘리지 않았다. 앞으로 아기를 가질 수 없을 거라는 이야기에서 일말의 현실감도 느끼지 못한 탓이었다. 연수는 살면서 한 번도 아이를 원한 적이 없었다. 그렇지만 자의가 아닌 타의에 의한 불능감은 시간이 지날수록 내부에서 검은색 풍선처럼 부풀어 올랐다. 터지기 직전까지 팽창하였고 좀체 가라앉지 않았다.

얼마 후 손길이 잦아들면서 남자가 호흡을 가늘게 뱉어냈다. 자, 이제 됐습니다. 많이 풀어졌네요. 그는 침대에서 내려서더니 짝 소리가 나게 두 손을 맞잡았다. 수고하셨습니다. 잠깐 이대로 계시면 다른 분이 와서 찜질해주실 거예요.

끝난 건가요. 연수는 엎드린 자세 그대로 간신히 목소리를 냈다. 이마에 땀이 송골송골 맺혀 있었고 눈자위가 촉촉했다. 그녀는 조심스레 눈꺼풀을 들어올렸다. 바닥, 맨 바닥이 보였다.

네, 끝났습니다. 남자의 목소리는 아득히 먼 곳에서 들려오는 듯했다. 집에 가서도 스트레칭 잊지 말고 해주세요.

저기요. 그때 연수는 다급하게 상체를 들어올리려고 했다. 잠깐만요. 그런데 쥐가 난 것처럼 팔과 허리에 도무지 힘이 들어가지를 않았다. 꼼짝할 수 없었다.

그대로 계세요. 남자가 부드럽게 만류했다. 몸이 좀 놀란 상태거든요. 시간이 지나면서 나아질 겁니다. 이대로 찜질까지 마치고 나면 한결 홀가분하실 거예요.

아, 알겠습니다. 그녀는 중얼거리듯이 덧붙였다. 고맙습니다.

별말씀을요. 남자는 천천히 문을 열어젖혔다. 조심히 들어가세요.

일순 바깥의 형광등 불빛이 방 안으로 가득 쏟아져 들어왔다. 연수는 그 환한 빛에 반사적으로 두 눈을 질끈 감았다. 탁하고 문 닫히는 소리를 듣고 눈을 떴을 때에는 다시 혼자였다.

*

창가에 내려앉은 일광이 비스듬히 굴절되어 빛났다. 그 녀머로 보이는 나뭇가지에 초록빛 새순이 하나둘 돋아나고 있었다. 창문을 열자 온화한 바람이 불어와 뺨을 간질였다. 한 무리의 새가 지저귀며 능선을 따라 멀어져가는 소리가 들렸다. 동생이 집을 나간 지 한 달째 되는 아침이었다. 연수는 식탁에 앉아 무화과베이글에 크림치즈를 발라 먹는 걸로 간단히 아침을 해결했다. 설거지를 마친 뒤에는 청소기로 집 안 곳곳을 청소했고, 연후의 방으로 가 침대 시트와 베개 커버를 벗겨냈다. 그것들을 도톰한 겨울 담요와 함께 드럼세탁기에 넣고 돌렸다. 마르는 데 하루 이틀이면 충분할 테니, 그걸 다시 끼우고 침대에 까는 건 연후가 직접 하면 되리라고 생각했다.

동생의 소식을 접한 건 보름 전이었다. 장을 보고 돌아오는 길에 우편함을 열어보니 온갖 고지서와 홍보물 사이에 노란색 엽서가 하나 꽂혀 있었다. 경주의 모 문학관에서 지내게 됐다고, 마무리할 원고가 있어 휴대전화는 당분간 꺼놓을 예정이라고, 한 달 후에 올라갈 테니 걱정 말라고, 소리 질러서 미안하다는 등의 내용이 두서없이 적혀 있었다. 이토록 뒤늦은 기별이라니, 어디 한번 당해보라는 거였나 싶었는데 가만 살펴보니 첨성대가 그려진 330원짜리 우표에 찍힌 발송 일자가 가출한 즈음이었다. 초고속 인터넷 시대에도 여전히 명맥을 유지하고 있는 보통우편과 느림의 미학이라니. 연수는 그동안 자신이 동분서주하며 벌인 일들이 떠올라 헛웃음을 짓고 말았다.

　그녀는 부엌으로 가 주전자에 물을 반쯤 채워 넣었다. 찬장에서 예가체프 커피 드립백을 꺼냈고, 그걸 머그잔에 걸쳐놓은 다음 끓인 물을 천천히 부었다. 컵 바닥면에 커피가 한 방울씩 떨어져 내리는 소리를 들으며, 연수는 드립백 안의 원두 가루가 빵처럼 부풀어 올랐다가 가라앉고 다시 부풀어 오르는 모습을 지켜보았다. 고소하고 부드러운 향기를 맡고 있으니 어째서인지 아득한 심정이 되었다. 컵을 들고 베란다로 나가서는 웅장한 소음을 일으키며 돌아가는 드럼세탁기 앞에 쪼그려 앉았다. 그녀는 두 손으로 머그잔을 움켜쥔 채 한동안 눈앞의 거대한 회전과 소란을 홀린 듯이 바라보았다. 그렇게 몸을 움직이지 않아도 될 때, 더 이상 신경을 쏟을 대상이 남아 있지 않을 때 불현듯이 떠오르는 마음의 장면들을 목도했다.

　그 밤, 연수는 찜질까지 마친 뒤 옷을 갈아입고 나와 대로변을 향해 걷기 시작했다. 개운해진 몸으로 차디찬 바람을 얼굴에 쐬다 보니 돌연 눈물이 터져 나올 것만 같았다. 하지만 울어야 할 이유도, 울 자격도 없지 싶어서 그녀는 고개를 세차게 가로저었다. 골목 어귀에 이르러서는 코트 안주머니에 든 편지의 존재를 떠올렸다. 문득 겉봉에 이름을 적어 지압센터 우편함에 넣어두고 오면 어떨까 하는 생각이 스쳤다.

돌아가니 건물 입구에 우두커니 서 있는 그림자가 눈에 들어왔다. 스파이더맨의 타이즈를 모방해 만든 후드티에 검은색 패딩 조끼를 걸친, 열 살 남짓해 보이는 남자아이였다. 연수는 담장에 기대선 아이를 지나쳐 빌딩 안으로 들어가려다가 멈칫했다.

뭐 하니. 그녀는 허리를 짚은 채 돌아섰다. 추운데 혼자서 뭐 해. 아이는 바닥을 내려다보던 시선을 느릿하게 들어올렸다. 왜요.

위험하잖아. 지금 몇 시인 줄이나 아니?

아빠 기다려요.

아빠? 그녀는 눈썹을 실룩였다. 아빠가 누군데.

아이는 머뭇거리다가 턱짓으로 건물 3층의 간판을 가리켰다. 저기요. 곧 내려오실 거예요.

그때 연수는 가로등 불빛에 훤히 드러난 아이의 얼굴을 바라보았다. 눈꼬리가 처지고 코끝이 뭉툭한 것이, 어쩌면 그 남자의 아들일지도 모르겠다는 생각이 들었다. 너 이름이 뭐니.

왜요.

너 정 씨야? 정 머시기야?

아이는 경계하듯 한 발짝 물러섰다. 모르는 사람한테 그런 거 알려주지 말라고 했어요.

180

아빠가 그러든?

아니, 엄마가요.

오, 너 말 잘했다. 엄마는 뭐 하는 사람이니. 연수는 자기도 모르게 다그치듯 묻고 있음을 깨달았다. 숨을 들이쉰 다음 천천히 뱉어냈다. 어머니는 어디에 계셔?

아이는 입을 다문 채 고개를 돌려버렸다. 찬 바람에 붉게 얼어붙은 조그마한 귓등이 눈에 들어왔다. 대답을 기다리던 연수는 겸연쩍어 볼을 붉적였다. 춥잖아. 너 언제까지 이러고 있을 거야.

말했잖아요. 아이는 나직이 대꾸했다. 아빠 기다린다고요. 같이 집에 갈 거예요.

이윽고 건물 안쪽에서 엘리베이터의 벨소리가 났다. 연수는 그 소리에 입구를 들여다본 뒤 도망치듯 자리를 벗어났다. 서두르는 바람에 오른쪽 발목을 살짝 접질리고 말았다. 그 남자였다.

연수는 모퉁이를 돌아 가쁜 숨을 몰아쉬었다. 그럴 일까진 아니었는데 머리카락이 쭈뼛쭈뼛 서는 듯했다. 그녀는 호흡을 가라앉힌 뒤 고개를 바깥으로 내밀었다. 남자와 아이가 상봉하는 모습을 건너다보았다.

아이는 한걸음에 다가가 남자의 오른손을 덥석 움켜잡았다. 남자는 제 아이임을 알아차렸고 만면에 미소를 머금었다.

연수는 아이가 덩치 큰 아버지를 올려다보며 뭐라고 종알거리는 모습을, 남자가 아들의 작고 동그란 머리를 애정 어린 손길로 쓰다듬는 모습을 지켜보았다. 손을 맞잡은 두 사람이 입김을 뿜어내며 나란히 골목을 걸어가는 뒷모습도.

군데군데 가로등이 깨져 있어 두 사람은 환한 조명 아래에 나타났다가 어둠 속으로 사라지고, 다시 나타났다가 사라지기를 반복했다. 아이는 아버지를 침착하게 이끌고 있었고, 남자는 아들을 전적으로 믿고 있었다. 그래, 남자에게는 아이가 필요해 보였다. 집으로 돌아가기 위해서, 내일을 준비하기 위해서, 계속 살기 위해서. 아이에게도 남자가 필요해 보였다. 자신을 간절히 원하는 이가 세상에 존재한다는 것, 그가 결코 제 곁을 떠나지 않으리라는 것. 그 믿음이 아이에게 중요해 보였다. 아이들은 생각보다 많은 것을 필요로 하지 않는다. 아니, 우리는 누구나 단 한 가지만을 원한다.

연수는 두 사람이 길모퉁이를 돌아 완전히 사라질 때까지 그들의 뒷모습을 지켜보았다. 그들이 떠나고 없는 빈자리도, 어느 한 시절이 빠져나간 흔적을 더듬듯 바라보았다. 그러고는 돌아서서 어두컴컴한 길을 혼자 걸었다. 오른 다리를 절룩거리며 대로변을 향해 나아갔다.

걸음을 옮길 때마다 접질린 발목이 시큰거렸다. 밤이 깊어지자 살을 에는 듯한 바람이 맞은편에서 불어왔다. 콧등이 찡

했다. 순간 그녀는 이 모든 일을 연후가 이미 겪었을지도 모르겠다는 생각이 들었다. 어느 밤 동생이 혼자 절룩거리며 지나간 길을 자신이 고스란히 되짚고 있는지도 모르겠다고. 교차로 신호등 앞에 다다랐을 때에는 코트 안주머니에 든 편지를 다시금 떠올렸다. 그녀는 손을 넣어 그것의 귀퉁이를 매만졌다.

남은 생에 간절히 염원할 단 하나의 이미지.

그게 뭔지 어렴풋이 알 것도 같았다.

소원한
사이

은수는 다른 삶을 꿈꿨다. 새 인생, 뉴 라이프. 그것은 은수
가 스무 살 이후로 꾸준히 바라온 목표였다. 목표였으니 한
번도 이뤄지지 않았다. 다른 삶을 살기 위해서는 무엇이 필요
한가. 그날도 스스로에게 질문을 던져보던 은수는 3년 가까
이 다니던 광고 회사에 사직서를 제출했다. 어떤 조짐이나 낌
새가 없었으므로 그녀의 퇴사 소식에 선배와 동료들은 하나
같이 당혹감을 드러냈다. 출퇴근이 지겨워서 때려치운다고,
한순간도 회사가 좋았던 적 없었다는 은수의 말에 다들 공감
은 하면서도 어째서 그런 식으로 살까, 그래도 되나, 하는 의
문은 좀처럼 떨쳐내지 못한 것이다.
　후회할 거야. 그녀를 만류하던 임 과장은 은근히 겁을 주는

어조로 말했다. 아직 젊으니까 제멋대로 구는 건 좋다 이거
야. 그래도 말이지. 최소한 다음 스텝은 계획하고 있어야 하
는 거 아니야? 왜 이렇게 막 나가. 잠자코 듣던 은수는 고개를
끄덕거렸다. 그러게요. 저도 왜 이러는지 모르겠네요. 상사를
향해 나긋한 어조로 되물었다. 그럼 뭐, 이제 어떻게 할까요.
살살 나가요?

퇴사 후 은수는 한동안 집에 틀어박혀 지냈다. 늦잠을 자고
종일 텔레비전을 보고 배달 음식만 시켜 먹으며 게으름을 피
웠다. 그 짓도 지겨워질 무렵에는 통장 잔고를 털어 해외여행
을 떠났다. 필리핀의 마닐라, 중국의 상하이, 일본의 도쿄와
오사카, 러시아의 블라디보스토크를 두 달여간 돌아다녔다.
그러한 궤적에 어떤 계획이 있었던 건 아니고, 은수는 그때그
때 느낌이 가는 대로, 현지 공항에서 가장 손쉽게 구할 수 있
는 티켓을 끊어 떠났다. 눈에 띄는 호텔에 들어가 짐 가방을
풀었고, 이름 모를 음식들로 끼니를 해결했으며, 옷은 세탁하
기 귀찮다는 핑계로 내버리고 새로 사 입길 반복했다.

왜 이렇게 막 나가.

그때마다 은수는 자신을 한심하게 바라보던 임 과장의 얼
굴이 떠올라 웃음이 났다. 사직을 결심할 때만 해도 이렇게
막 나갈 생각은 없었는데, 점점 막 나가는 자신이 마음에 들
었다.

그녀는 978만 원을 탕진하고서야 한국으로 돌아왔다. 밑천이 거덜 났으니 깨갱 하고 돌아올 수밖에 없었다. 완전 거지가 됐네. 블라디보스토크공항에서 동전 지갑까지 탈탈 털어 한국행 비행기표를 손에 쥔 은수는 불현듯 홀가분함을 느꼈다. 거지. 승객 대부분이 안대를 착용한 채 잠든 기내에서 그녀는 좀체 눈을 붙이지 못하고 창밖만 내다보았다. 거대한 적운 위로 드리워진 석양빛을 따라 어떤 뜨거운 감정이 제 안으로 흘러드는 것을 느꼈다. 거지. 그것이 자신의 새로운 이름 같았다.

여행을 하는 동안 은수는 살갗이 검게 그을렸고 몸무게가 4킬로그램가량 줄었으며 뭐랄까 인내심을 상실했다. 원래도 버티고 견디는 마음이랄까 너그러운 품성이 변변치 않은 편이었는데, 그 얼마 되지 않는 참을성마저 빵 부스러기처럼 잘게 찢어 해외 곳곳에 뿌리고 돌아온 것이다. 그러한 변화를 처음으로 눈치챈 건 그녀의 오랜 남자친구인 정우였다.

미쳤나 봐. 은수는 공항 출입구를 빠져나오자마자 양쪽 겨드랑이에 손을 끼워 넣으며 말했다. 이 나라는 왜 이렇게 추워. 뭔데 시베리아보다 춥고 난리야.

이 정도 가지고 뭘. 마중 나온 정우는 그녀의 캐리어를 대신 끌어주며 사람 좋게 웃어 보였다. 춥다 춥다 하면 정말로 춥기만 한 법이야. 그냥 좀 많이 시원하구나, 라고 생각해봐. 초겨울치고 지나치게 시원하다고. 그래도 올해는 작년보다 포근한 것 같은데. 아니야?

아니야. 은수는 그의 옆얼굴을 빤히 올려다보며 입술을 비죽였다. 그런데 너는 작년이 기억나? 작년 이맘때 얼마만큼 추웠는지가 어떻게 기억나?

기억나. 정우는 바지 주머니에서 차 키를 꺼낸 다음 제 이마 위로 들어올려 버튼을 눌렀다. 야외주차장에 빼곡하게 늘어선 승용차 가운데 하나가 이내 헤드라이트를 깜빡이며 경적을 울렸다. 작년 겨울에 재밌는 일 많았는데. 우리 같이 부산에 놀러 갔잖아. 송도에서 케이블카 타고, 밤에 불꽃놀이도 하고. 마지막 날에는 용궁사에 들러서 부처님한테 절하고 소원 빌었던 거, 기억 안 나?

기억 안 나. 은수는 영문을 모르겠다는 얼굴로 되물었다. 내가 부처님한테 소원을 빌었다고? 나 모태 신앙인 거 알잖아.

정우는 어깨만 으쓱해 보였다. 괜찮아. 내가 다 기억하니까. 그때 네가 무슨 소원을 빌었는가 하면…… .

야, 됐어. 은수는 그의 등을 탁 소리 나게 쳤다. 몰라도 되니까 입도 벙긋하지 마. 말하면 소원 안 이뤄지는 거 몰라?

둘은 앞 범퍼가 살짝 찌그러진 검은색 승용차에 올라탔다. 정우는 운전석에 앉아 시동을 켠 뒤 히터부터 작동시켰다. 내비게이션의 전원 버튼을 눌렀고 검색창이 뜨자 은수의 한남

동 집 주소를 입력했다. 그사이 은수는 오랜 습관대로 안전
벨트부터 착용했다. 등받이를 젖혀 거의 눕다시피 한 자세로
기대앉은 다음, 내비게이션을 조작하는 남자친구의 뒷모습
을 가만히 바라보았다. 그러고 있으니 몸이 노곤해지면서 시
야가 아득하게 흐려졌다. 은수는 깜박 잠이 들었다가 눈을 부
릅뜨며 깨어났다. 그 짧은 순간 제 몸에서 무엇인가 슬그머니
빠져나가는 듯한 느낌을 받았다. 그건 3만 2천 피트의 상공
위에서 자신을 단단히 휘감았던 충만감이 한순간에 느슨해지
며 휘발되어가는 감촉이었다.

은수는 오후 반차까지 내가며 자신을 마중 나온 남자친구
의 귀 뒤를 바라보면서, 그가 모니터 속 자판을 클릭할 때마
다 점점 명확해지는 둘의 도착지를 올려다보면서 난처함을
느꼈다. 돌고 돌아 원점이구나. 그녀는 자신이 이 안락하고
견고한 세계로부터 한 발짝도 벗어난 적 없다는 사실을 깨달
았다.

막 나가긴 개뿔.

영종대교 위를 맹렬한 속도로 달리는 차 안에서 은수는 조
용히 오른손을 말아 쥐었다. 살얼음이 낀 강물을 건너다보다
가 버튼을 눌러 차창을 끝까지 내렸다. 그녀는 창밖으로 고개
를 내밀어 있는 힘껏 소리를 질러댔다. 꺄아아아아아아악!

매서운 강바람이 차내로 쏟아지듯 밀려들어왔다. 뭐 하는

거야, 위험하게. 정우가 손을 뻗어가며 만류하자 그녀는 남자친구를 돌아보며 씩 웃었다. 시원하네. 그렇게 말하는 은수의 코끝과 눈두덩은 추위로 벌게져 있었다. 시원하다고 생각하니까 정말로 시원한 거 같네.

정우는 그런 은수를 바라보다가 이내 고개를 돌렸다. 운전대를 고쳐 쥐었고 제 앞에 펼쳐진 도로를 멀거니 응시했다. 그는 다시 현실로 돌아온 은수에게 어떤 말을 해주고 싶은데, 위로를 건네고 싶은데, 무슨 이야기부터 꺼내야 좋을지 알 수가 없었다. 그러면서 작년 겨울에 자신이 용궁사에서 빌었던 소원을 떠올렸다. 간절한 마음에, 여자친구에게조차 털어놓지 않았던 소원. 은수가 더 이상 아무 데도 가지 못하게 해주세요.

오래지 않아 그녀는 창문을 올려 닫았다. 히터에 다가앉아 언 몸을 녹였고, 헝클어진 머리카락과 옷깃을 매만졌다. 그러더니 배고프다, 저녁 먹고 들어갈까, 나 돈 없는데, 라고 한숨 쉬듯 말했다. 정우는 좌회전 깜빡이를 켜고 핸들을 천천히 돌렸다. 가는 길에 마트에 들르자고, 그녀가 좋아하는 비프스튜를 만들어주겠다고 대답했다. 올겨울에는 부모님이 계신 거제도에 가자고, 거기 몽돌해수욕장에서 소원 풍등을 띄우자고는 차마 말하지 못했다.

휘는 빛

연휴를 맞아 한갓진 대로를 달리는 기분이 좋았어. 셔터를 내린 고즈넉한 상점가를 빠른 속도로 지나치는데, 마치 내가 이 도시의 주인이라도 된 것 같았지. 바람은 서늘하고 볕은 뜨거운 날씨였어. 그렇게 7212번 버스의 맨 뒷자리에 앉아 종로3가 교차로를 지나칠 때였다. 무심코 왼쪽 창밖을 건너다보는데 중앙버스정류장 벤치에 네가 앉아 있었어. 찰나에 불과했지만 네가 확실했다. 챙 달린 검은색 모자를 눌러쓴 채 햇빛에 눈살을 찌푸리고 있더라. 버스를 기다리는 중인지 버스에서 내릴 누구를 기다리는 중인지는 알 수 없었어. 순간 너에게 전화를 걸고 싶다는 충동이 내 마음의 밑바닥 어딘가에서 분수처럼 터져 나왔다. 나는 허둥대며 바지 주머니에서 휴대전화를 꺼내 들었고 연락처에서 너의 이름을 검색했어. 아마 5초도 걸리지 않았을 거야. 그런데 통화 버튼을 누르려는 순간, 대체 뭐라고 말을 꺼내야 좋을까 싶더라.

거기서 뭐 해. 종로3가에는 왜 있어. 어디를 가려는 거야. 혹시 누구를 기다리고 있어? 설마 나를 기다리고 있는 건 아니냐고 장난스레 묻고 싶다는 생각이 들었고 나는 바로 다음 정류장에서 내려 오랜만에 너와 웃는 얼굴로 인사한 뒤 함께 저녁 식사를 하는 장면까지 상상했지만 끝내 통화 버튼을 누르지는 않았다. 그대로 세 정거장을 지나쳐 원래 내리려던 경복궁역에 이르러서야 하차 벨을 눌렀지. 창가에 부착된 버튼을 엄지손가락으로 꾹 누르자 'STOP'이라고 적힌 글자 아래로 연보랏빛 램프에 불이 들어왔어. 그제야 알았다. 이 세상에는 누를 수 있는 버튼들과 그 순서가 정해져 있는데, 멋대로 하나를 건너뛰어버리면 다시는 이전으로 돌아가 그 버튼을 누를 수 없다는 걸 말이야.

물론 헛소리지.

나는 경복궁역 버스정류장에서 내려 스타벅스 적선점을 향해 걸음을 옮기는 내내 너에게 전화를 걸 수 있었다. 카운터에서 주문을 한 다음 쿨 라임 피지오가 나오기를 기다리며 픽업대 근처를 서성이는 동안에도 트위터 타임라인을 새로고침하는 대신 너에게 전화를 걸 수 있었어. 음료를 받아 창가 자리에 앉아서 노트북을 꺼내고, 이따금씩 고개를 들어 창밖의 플라타너스들이 햇빛을 잔뜩 머금은 채 노랗게 익어가는 풍경을 지켜보는 와중에도 너에게 전화를 걸 수 있었다. 그러나 하지 않았고, 이건 못 했다기보다 하지 않은 것이지만, 나는 못 하는 것처럼 하지 않았고, 하지 못할 것이다, 앞으로도 쭉.

왜 이렇게 살까.

종종 그런 의문이 든다. 내 방에서 스탠드의 주홍빛 조명 아래 앉아 꾸벅꾸벅 졸아가며 책을 읽는 밤이면, 정신을 차리려고 침대 쿠션에 기댄 자세로 천장의 한구석을 멍하니 올려다볼 때면, 눈이 시큰거려서 질끈 감았다 뜨고 다시 질끈 감기를 반복하다가 어느새 눈자위에 물기가 어리는 것을 느낄 때면, 나는 스스로가 행복해지기를 두려워하는 사람 같다는 생각이 든다. 나 자신이 쾌활한 사람이 되기를, 그런 사람인 척하기를, 척하다가 정말로 그런 사람이 되어버리기를, 누구에게든 스스럼없이 다가가 한바탕 웃고 떠들 수 있는 사람이기를, 마치 나의 부모가 나를 낳아 기르는 내내 소망했을 그런 사람이 되기를 온 힘을 다해 거부하고 있다는 생각이 드는 것이다.

어째서 그런가.

그런 질문을 가만히 공글리는 밤이면, 나는 금세 기진맥진하여 침대 쿠션에 미끄러지듯 누워버리고, 거기에 머리를 뉘인 채 잠시 눈을 붙이고, 잠이 들 뻔하고, 설핏한 꿈속에서 다시금 너를 떠올리고 만다. 버스정류장 벤치에 우두커니 앉아 눈살을 찌푸리고 있던, 무언가를 기다리며 유난히 뜨거운 햇살을 견디고 있던 너를. 그날 네가 무릎께에 올려둔 에코백에는 무엇이 들어 있었을까, 하는 궁금증도 뒤늦게 일어난다. 둥그스름한 모양으로 불룩 튀어나와 있던 그 가방에는 누구를 위한 무엇이 들어 있었을까. 그날 주저 없이 통화 버튼을 누르고 다음 정류장에서 내려 너를 만났더라면 그것에 대해 넌지시 물어볼 수도 있었을 텐데. 그랬다면 이렇게 잠들기 직전에 너의 모습을, 네가 지니고 있던 무엇을 막연히 그리며 답답하고 안타까운 심정이 되지 않을 수 있었을 텐데.

그러나 하지 않았지.

하지 못할 것이고, 그럼에도 나는 궁금하다. 달리는 버스 뒷자리에서 우연히 너를 발견한 순간, 네가 지금 내 앞에 있고 여전히 이 세계에 존재한다는 사실을 깨달은 순간, 대체 내 마음 밑바닥 어디에서 너에게 전화를 걸고 싶다는 열망이 불쑥 튀어나온 것일까. 6년 넘게 한 번도 연락하지 않고 지냈으면서, 네 존재조차 까맣게 잊고 지낸 주제에 말이야.

그래서 5초밖에 지속되지 않았던 걸까.

내 기억에 그 열망은 어떤 판단과 감정에 의해 순식간에 제압당해 끌려 나갔다. 너에게 닿고자 하는 마음은 마치 한낮의

탈주범처럼 뛰쳐나왔다가 제대로 한번 활개쳐보지도 못하고
구속되었어. 지금은 어느 밑바닥에서, 어떠한 형태로 머물러
있을까. 다시 뛰쳐나올 수 있기는 할까. 이따금 그것에 대해
골똘히 생각해보는 밤이면, 이제는 내 안에 그런 마음이 존재
하지 않는다는 확신이 든다.

*

　새로 산 노트북에 백업해둔 문서들을 옮기던 중 이경은 오
래전에 자신이 쓴 글을 하나 발견했다. 그걸 읽는 내내 얼굴
이 홧홧해지는 것을 느꼈다. 문서 작성일을 확인해보니 작년
9월 말이었다. 당시 이경은 추석 연휴 기간에 연차까지 덧붙
여 열흘을 내리 쉬었다. 잇따른 대외 행사와 프로젝트를 마감
한 직후여서 묵직한 피로감과 무기력증에 시달린 탓이었다.
예전 같았으면 바로 회사를 때려치웠을 것이다. 업무 스트레
스가 일상을 해치고 몸의 균형을 뒤흔들어놓는다고 느낄 때
마다 앞뒤 가리지 않고 사직서를 내민 횟수만 다섯 번이 넘으
니까. 하지만 업무 강도와 인간관계에 대한 회의감이 찾아올
때마다 자리를 박차고 나서기에 그녀는 이제 스스로가 너무
늙어버렸다고 생각했다. 더는 떠돌이처럼, 고독한 용병처럼
살아갈 자신이 없었다. 그것이 바로 육체뿐 아니라 영혼도 노

쇠했다는 증거라는 건 한참 후에야 알았다.

그때 이경은 연휴가 시작되자마자 죽은 듯이 잠에 빠져들었다. 사흘간 집 안에 틀어박혀 꼼짝도 하지 않았다. 정오를 넘겨서야 간신히 몸을 일으켰고, 허기가 느껴지면 그릇에 흰 우유와 콘플레이크를 담아 먹었다. 그러다가 나흘째 무슨 비장한 각오라도 한 사람처럼 그녀는 가방에 노트북을 챙겨 넣었다. 무턱대고 집 앞의 버스정류장으로 나가 반쯤 조는 듯한 얼굴로 서서 볕을 쬐었다. 오래지 않아 동네를 통과하는 유일한 지선버스가 그녀 앞으로 다가와 문을 열었다. 이경은 그걸 타고 남은 연휴 동안 경복궁역 근처의 스타벅스를 드나들었다. 서른셋. 생의 진로를 변경하기에는 너무 늦었고, 속수무책으로 방관하기에는 너무 이른 나이 같았다. 이경은 딱히 뭐라고 정의 내릴 수 없었던 그 시기의 공허와 메마른 감정, 그 한복판을 통과하는 자신의 면면을 조금이라도 기록해두고 싶었다. 그래서 매일 세 시간씩 카페 창가 자리에 앉아 막연히 떠오르는 상념들을 적어 내려갔고, 다음 날 맑은 정신으로 그걸 천천히 읽어보았다. 뭔가를 쓰다 보면 생각지도 못했던 이미지와 마음들이 튀어나왔는데, 그걸 마치 남의 속사정인 양 읽어 내려가는 과정은 확실히 어떤 도움이 되는 것 같았다. 연휴 마지막 날 저녁, 이경은 그 글들을 처음부터 끝까지 다시 한번 차분하게 읽어보았다. 그리고 모조리 휴지통에 넣어 삭제했다. 그녀가 기억하기로는 분명 아무것도 남겨두지 않았다.

그런데 이 글은 왜 남아 있나.

이경은 문서 삭제 버튼에 마우스 커서를 옮겨놓고는 망설였다. 작년과 달리 지금 그 글을 지우려는 이유는 간단했다. 더 이상 자신이 쓴 글 같지 않아서였다. 고작 한 해가 지났을 뿐인데 그녀는 과거의 자신이 어떠한 사람이었는지를 조금도 기억해낼 수 없었다. 어떤 심정으로 이런 글을 썼고 의식의 사각지대에 몰래 남겨두기까지 했는지를 도무지 이해할 수 없었다.

일단 이경은 그 글을 새로운 노트북에 옮겨 담았다. 부엌으로 가 머그잔에 뜨거운 물을 반쯤 채웠고, 캐모마일 티백이 우러나는 동안 욕실에서 칫솔질을 했다. 그런 다음 책상 앞으로 돌아와 메일함을 열었다. 이경은 그 글을 지수에게 보내기로 마음먹었다. 이경이 기억하는 지수의 메일 주소는 그녀가 회사에서 사용하던 인트라넷 주소뿐이었다. 여태 그 메일을 사용하고 있을지, 그곳에서 근무하고 있을지는 불분명했다. 그렇지만 발송하기로 결심하고 나니 그 글이 수신자에게 무사히 가닿을지 말지는 순전히 운명의 소관처럼 느껴졌다. 이경은 지수가 자신의 메일을 받게 된다면, 내일 아침 다른 업무 메일들을 처리하는 와중에 그 글을 읽게 되리라고 생각했

다. 종로3가 버스정류장 벤치에 앉아 있던 지수를 발견하고
도 알은체하지 않았던 자신에 대해 이제야 알게 될 것이라고.

그래서 뭐 어쩌라는 걸까.

다소 겸연쩍기는 했다. 이경은 이런 글을 쓰고 굳이 남겨둔
과거의 자신이 이해되지 않는 것처럼, 이걸 지수에게 보내려
는 지금의 자신도 거의 이해되지 않았다. 그렇지만 궁금했다.
제 글을 읽고 지수가 보일 반응이, 답장이. 이유는 알 수 없으
나 그것이 자신을 위로해줄 수 있을 것만 같았다. 그 밤 이경
은 메일 보내기 버튼을 눌렀고, 이번에는 제 앞에 놓인 버튼을
적시에 눌렀다는 근거 없는 만족감에 빠져 잠자리에 들었다.

*

이경이 지수를 만난 건 모두가 만류하던 예술대학원 문예
창작과에 진학한 무렵이었다. 섬유공학과를 졸업하자마자 운
좋게 바로 입사한 무역 회사를 1년 8개월 만에 때려치우며 내
린 결정이었다. 당시 이경의 통장에는 천만 원 남짓한 돈이
들어 있었는데, 그걸로 상경하면 겨우 첫 학기 등록금과 생활
비도 될까 말까였다. 퇴사 소식에 실망한 기색이 역력했던 부
모님은 네가 내린 결정이니 알아서 감당해보라는 말로 일축
했고, 하나뿐인 오빠는 일곱 살 연하인 애인과 결혼을 앞두고

반쯤 미쳐 있어서 손을 벌릴 수가 없었다. 사실 그러한 상황이 아니었다고 해도 이경이 가족에게 기대한 바는 그리 크지 않았다. 가까운 이들에게는 가혹하리만치 냉정하게 굴면서, 아무 상관 없는 이들에게는 쉽사리 다정하고 헤프게 구는 게 집안 내력이었으니까. 그런 이들 틈에서 자라난 이경도 스스로가 전혀 다른 부류의 사람이라고는 생각해보지 않았다.

입학 즈음에는 어떻게든 되겠지, 내가 원해서 시작한 공부니까, 라는 식의 열의로 버틸 수 있었으나 이경은 한 학기를 마치기도 전에 정신적으로나 경제적으로나 만신창이가 되었다. 난생처음으로 자살이라는 단어가 그리 멀리 있지 않음을 느꼈다. 언제든 자살해버리면 그만, 이라는 각오가 아니면—대학원 동기들의 말버릇이기도 했다—그토록 누추하고 암담한 학생 신분을 견뎌낼 수도, 자신이 어느 정도에 이르렀고 얼마만큼 더 수행해야 할지 도통 측정이란 걸 할 수 없는 학문의 심연을 버텨낼 수도 없었을 것이다. 물론 나중에서야 이경은 깨달았다. 그토록 죽음과 곤궁함을 가까이에서 느끼던 시절만이 가장 사는 것처럼 살던 시절로 기억되리라는 것을 말이다.

이경은 학교 근로장학과의 도움으로 방학 동안 인턴으로 근무하게 된 출판사에서 지수를 처음 만났다. 지수는 세계문학팀 소속의 막내 편집자로, 이경이 대학원 졸업장을 활용하여 고를 수 있는 몇 안 되는 진로 중 하나를 앞서 겪고 있는 사람이었다. 이경은 인문교양팀 소속으로 배정되었기에 업무상은 물론이고 사적으로도 지수와 교류할 일이 거의 없었다. 그게 바로 지수가 이경과 가까워지려고 한 이유였다는 걸 이경은 한참 후에야 알았다.

인턴으로서 이경이 맡은 업무는 간단했다. 이제는 아무도 거들떠보지 않을 만큼 오래된 책자의 내용을 그대로 타이핑하거나, 계간지를 일일이 스캔하여 파일로 저장해두거나, 페이스북과 블로그에 게시할 신간 홍보 문안을 작성하는 일이었다. 누가 해도 상관없지만 누구든 하지 않으면 안 되는 일이었고, 열과 성을 다할수록 본인만 초라해지는 잡무들이었다. 한나절을 쏟아부은 결과물에서 일말의 성취감도 돌려받을 수 없다는 걸 확인했을 즈음, 이경은 회사 직원들이 나이 어린 여자 인턴에게 바라는 특유의 명랑함이랄까 애교스러운 태도를 자신이 전혀 수행하고 있지 않음을 깨달았다. 그런 감정적인 서비스야말로 인턴의 주요한 업무였다는 걸 뒤늦게야 알아차린 것이다. 그렇게 억지로라도 사교성을 꾸며낼 타이밍을 놓쳐버리고, 다소 어눌하고 까칠한 이미지로만 평가받던 이경에게 선뜻 먼저 다가와준 사람이 지수였다.

"이경 씨라고 했죠." 지수는 파티션에 팔꿈치를 기대어 선 채 말을 건네왔다. "우리 사촌 언니랑 이름이 똑같네요. 우리 이경 언니, 내가 완전 좋아하는데.”

“아, 네.”

“편하게 해요. 들어보니까 우리 동갑이더라고. 요즘 점심은 누구랑 먹어요?”

“그냥, 혼자서요.”

“아.” 지수는 알 만하다는 듯 고개를 까닥거리더니 상체를 낮추며 속삭였다. “인문교양팀 분위기가 좀 칙칙하죠? 원래 그러니까 이해해요. 내가 요 근처에 맛집 하나 아는데, 이경 씨 파스타 좋아해요?”

이후로 둘은 몇 차례 점심 식사를 함께했다. 업무 시간 중 메신저를 통해 연예인 스캔들이나 쇼핑 정보도 주고받았고, 영화 취향이 비슷하여 퇴근 후 같이 극장에 가기도 했다. 이경은 지수에게 궁금한 것이 많았다. 출판사 업무 전반에 대해, 향후 가능성이나 취업을 위해 갖춰야 할 능력은 무엇일지도 상세히 듣고 싶었다. 그런데 지수는 출판업이라는 것 자체에 거의 환멸을 느끼는 사람이었다. 그녀는 점심시간마다 자신이 수행하는 업무의 공허함과 소외감에 대해 일장 연설을 늘어놓았다.

“한마디로 좆같아요.”

지수는 정치외교학과를 졸업한 동기들 중에서 자신의 연봉이 제일 형편없고 미래도 가장 불투명하다고 투덜거렸다.

"아시겠지만 출판은 사양산업이에요. 결국에는 모든 게 웹진 형태로, 전자책으로 변하고 말 거예요. 번역이나 교정교열 능력도 인공지능으로 대체될 거고요. 사실 맞춤법 따위 알 게 뭐람. 국립국어원부터 폭파해야 해요. 국가가 뭔데 언어 사용을 규제하고 난리야. 그래도 대형출판사와 일인출판사는 살아남겠죠? 일본만 봐도 알 수 있으니까요. 일본이 한국의 10년 후라면서요. 어우, 세상에. 10년 후라니. 그때 가면 대체 내가 뭘 해 먹고살지 걱정이 돼서 잠이 안 올 지경이에요."

"10년 후를 왜 벌써 걱정해요." 이경은 조그맣게 웃음을 터뜨리면서 지수의 옷깃에 붙은 실오라기를 떼어주었다. 숨 쉴 틈도 없이 불만을 쏟아내는 지수가 마치 무역 회사를 다니던 시절의 자신처럼 느껴졌다.

"이경 씨는 걱정 안 돼요?" 지수는 눈을 동그랗게 뜨고서 물었다. "나는 내가 겨우 이렇게 살다가 죽을까 봐 걱정돼죽겠어."

"아, 제발 죽는소리 좀." 이경이 말을 채 잇기도 전에 종업원이 다가와 두 사람이 주문한 알리오올리오와 명란크림파스타를 테이블 위에 올려놓았다. "그렇게 죽는소리를 해야 스트레스가 풀리나 봐요."

"맞아요, 내가 좀 이래. 회사 욕을 한 바가지 해야 겨우 회사에 붙어 있을 수 있거든요."

"오래된 부부처럼요."

"아니, 아니." 그 대목에서 지수는 단호한 얼굴로 고개를 저었다. "나는 진심으로 미워해요. 회사도, 나를 둘러싼 이 세계도. 그래서 회사 책상 서랍 맨 밑에 수면제를 50알인가 구해 놨어요. 언제든 먹고 꽉 죽어버리면 그만이라는 각오로 버티는 거예요." 거기까지 말한 뒤 지수는 문득 정신을 차린 듯한 얼굴로 주위를 둘러보았다. "내가 또 오버했네. 어디 가서 이런 이야기 하면 절대 안 돼요. 선배들은 내가 회사에 뼈를 묻을 사람인 줄 알거든. 아, 파스타 식겠다. 어서 들어요."

그러던 어느 일요일 낮, 침대에 누워 따분하게 책을 읽던 이경에게 갑자기 지수가 전화를 걸어왔다. 자기만 아는 디저트숍을 소개해줄 테니 지금 당장 삼청동의 카페로 와달라는 것이었다. 말이 좋아 케이크를 먹자는 것이지, 뭔가 은밀한 대화를 나누고 싶어 하는 듯했다. 이경은 트레이닝복 차림에 모자만 눌러쓴 채 급히 집을 나섰다. 철창과 알전구가 콘셉트인 카페 테라스에 앉아 지수가 영업부의 강 부장과 불륜 관계라는 사실을 들었다.

"세상에, 강 부장님이랑요?" 이경은 그 정도의 비밀을 듣게 되리라고는 상상도 하지 못했기에 입을 쩍 벌렸다.

"네, 그 허우대만 멀쩡한 한량이랑요."

이경은 두 사람의 관계보다 지수처럼 젊고 영민한 여자가 어째서 아침드라마 속 철부지들처럼 아버지뻘인 남자에게 걸려들었는지 당혹스럽기만 했다. 그게 혹시 자신처럼 부모의 사랑을 받지 못하고 자란 탓인지 아니면 그저 반사회적 기질 탓인지 뭔지 궁금했다.

"의외로 야성적인 면이 있거든요." 지수는 심상한 어조로 이야기했다. "둘만 있을 때에는 회사에서 보여주는 모습이랑 사뭇 달라요. 그래, 어쩌면 그 사람이 아니라 그런 면에 빠져들었는지도 모르겠어."

야성적이라니. 그러기에 강 부장은 훌쩍 큰 키에 깡마른 몸, 진작에 빛바랜 외모를 지닌 늙은이에 불과했다. 병약한 기린 같았고, 무해하다기보다 무력하다는 인상을 주었기에 이경은 지수의 말을 납득하기가 어려웠다.

"이경 씨는 예술 공부하잖아요. 그러니까 나를 좀 이해해줄 수 있을 것 같았어. 내 마음, 이게 뭔지 나도 잘 모르겠는데, 말로 해봤자 아무 소용 없다는 걸 알면서도 어쨌든 털어놓고는 싶더라고요. 그런데 내가 이런 말을 누구한테 하겠어, 응? 이경 씨, 지금 내 말, 아니 내 마음을 이해는 하겠어요?"

순간 이경은 우리가 이럴 만한 사이였나 싶었다. 그렇지만 지수의 말대로 치명적인 비밀일수록 가족이나 가까운 친구에게는 결코 털어놓을 수 없다는 사실을, 그렇기에 오래지 않아 회사를 떠날 것이고 이후에도 딱히 회사 사람들과 교류하지 않을 것 같은 자신이 바로 그녀에게 안성맞춤으로 선택되었다는 사실을 깨달았다. 그래, 자기 속 편하자고 나한테 접근했던 거구나. 이경은 배신감에 목덜미가 뜨거워졌으나 답답한 심정을 토로하는 와중에도 좀처럼 경계심을 늦추지 못하고 자신의 안색을 살피는 지수의 심중을 어렴풋이나마 이해할 수 있었다. 그래서 애써 그녀를 이해하는 척했다.

"뭐, 어때요. 어차피 결혼이란 건 사회적인 약속일 뿐인데요. 그럴싸한 허상이죠. 사랑이 제일 귀한 가치예요."

"사랑? 나는 이게 사랑인지 아닌지도 모르겠어." 지수는 상체를 앞으로 숙이더니 두 손으로 얼굴을 감싸 쥐었다. "어쩌다가 이 지경이 됐나 몰라. 내가 지금 왜 이러는지 알아요? 어제 병원에 다녀왔거든요. 나 임신했어요."

일순 이경의 마음속에서 뒤틀린 희열이 차올랐다. 그녀는 임신 소식보다 자신의 그런 감정이 낯설고 놀라워 한동안 입을 열지 못했다. 어쩌면 부지불식간에 지수를 질투했는지도 모르겠다고 생각했다. 동갑의 그녀가 자기보다 행복해지는 데에는 별 관심이 없었지만 자기만큼 불행해져야 한다고는 몇 번이나 생각해본 적 있기 때문이다. 파탄. 지수의 고백을 듣고 이경의 머릿속에 가장 먼저 떠오른 문구는 바로 '사랑의 파탄'이었다. 수업 중에 그런 문장을 읽은 적이 있었다. 사랑이 지닌 특성 중 가장 결정적인 요소는 자기파괴성이다.

"남들이 다 뜯어말리는 일인데 멈출 수가 없으면, 못 먹어도 고면, 그게 사랑이죠, 뭐." 그렇게 말하면서 이경은 자신이 대학원 진학을 결심하던 어느 여름날의 새벽을 기억해냈다. 딱 한 번 사는 인생인데 하고 싶은 건 해보고 죽어야지. 끝내 아무것도 이루지 못하더라도 그때의 몸부림이 지금보다는 덜 고통스러울 거야.

"인생에서 놓쳐서 아쉬운 것은 오직 사랑뿐이다." 이경은 집을 나서기 직전까지 붙들고 있던 소설의 한 구절을 꺼내놓으며 말을 이었다. "응원할게요. 누가 뭐라 하든 나는 지수 씨를 지지한다고요. 어떤 선택을 하든, 그게 누구를 위한 것도 아닌 본인만을 위한 선택이기를 바랄게요."

그렇게 말하고 나니 이경은 방금 뱉은 말이 한동안 망각하고 지냈던 자신의 오랜 결심처럼 느껴졌다. 마치 녹음기를 통해 처음으로 자신의 목소리를 듣게 된 사람처럼 겸연쩍은 기분에 어깨를 움츠렸다.

그때 뜯어말리지 않은 것이 화근이었을까.

사달은 몇 주 후에 일어났다. 인턴 기간이 종료된 기념으로 이경과 인문교양팀 팀원들이 함께 점심을 먹고 사무실로 돌아오는 길이었다. 다들 손에 쥔 테이크아웃 커피를 홀짝거리며 엘리베이터에서 내렸을 때였다. 사무실로 향하는 복도 오른편에 인쇄소에서 막 도착한 신간 도서들이 빼곡하게 쌓여

있었다. 얼마 전에 지수가 발을 동동 구르면서 마감한, 나쓰
메 소세키의 소설 『산시로』였다.

"잘됐네. 마지막 날에 나온 책이니 기념으로 꼭 챙겨 가요."

그건 400쪽 남짓한 두께의 묵직한 양장본이었다. 기존에 번
역되어 나온 책들과 차별화하기 위해 일러스트를 잔뜩 삽입
하고 판형과 글자도 큼직하게 한 소장본 시리즈였다. 황금색
띠지에는 '이제는 사라지고 없는 청춘의 빛을 위한 교양소설'
이라는 추천사가 적혀 있었다. 이경은 책을 한 권 집어 들어
조심스레 페이지를 넘겨 보았다. 그때 사무실 안쪽에서 둔중
한 파열음 같은 것이 연이어 들려왔다. 뭐지. 수런거리는 사람
들을 비집고 안으로 들어가자 검은색 원피스 차림의 중년 여
자가 『산시로』를 양손으로 움켜쥔 채 누군가의 정수리를 사정
없이 내리치는 모습이 눈에 들어왔다. 깜짝 놀라서 말리고 보
니 바닥에 주저앉아 제 머리를 감싸 쥔 사람은 지수였다.

"이게 니들이 말하는 청춘이고 교양이니? 이게 네 교양이야?"

그날로 회사 사람들 전부가 지수와 강 부장의 관계를 알게
되었다. 이경이 보고 들은 것은 거기까지였다. 차마 괜찮으냐
고 물어볼 수도 없을 정도로 당시 지수의 몰골은 처참했다.
근무 시간에 늘 착용하던 은테 안경은 다리가 휘어진 채 바닥
에 나뒹굴었고, 책 모서리에 긁힌 이마와 뺨에서는 피가 묻어
났다. 검회색 스타킹은 종아리 부근의 올이 나가 맨살을 드러

낸 채 벌어져 있었고, 신고 있던 에나멜 구두의 한쪽 리본은 어디론가 떨어져 나가 찾을 수 없었다.

그날 이경은 지수에게 제대로 된 작별 인사도 건네지 못한 채 회사를 빠져나왔다. 며칠이 지나도록 연락을 취해볼 엄두조차 내지 못했다. 대체 뭐라고 한단 말인가. 지수 씨, 괜찮아요? 강 부장은 뭐라고 하던가요. 회사 사람들은 또 어떻고. 그렇게 얻어맞았는데 경찰에 신고라도 해야 하는 거 아니에요? 그런데 신고를 해도 되나. 아기는 괜찮나요. 이상은 없죠? 지금 기분은 어때요? 아직도 사랑인지 아닌지 모르겠어요? 그 지경을 당했는데도 사랑 같아야 사랑일 텐데. 그거야말로 진짜일 텐데.

그렇게 한 달 가까이 지났을 무렵, 이경은 근로장학생으로 일하게 된 학교 도서관에서 혼자 서가를 정리하던 중 이것이 자신과 지수가 나눌 수 있는 관계의 전부가 아니었을까 하는 생각이 들었다. 뒤탈 없을 '대나무숲'이라는 역할까지가 아마도 지수가 자신에게 기대한 몫이었을 거라고, 이경은 결론을 내렸다. 현재의 자신은 누구한테 위로를 건넬 처지가 못 된다고, 당장에 다음 학기 등록금이랑 생활비가 부족해 아등바등하지 않느냐고, 그런데 사랑 타령—심지어 불륜이라니—을 들어줄 여유가 어디 있느냐고, 어차피 지금은 무슨 말을 건네도 당사자에게는 칼날처럼 느껴질 뿐이라고 스스로를 합리화

했다. 그러면서 더는 남의 일에 끼어들지 말아야겠다고 다짐
했다. 응원한다는 말이, 네가 원하는 그것을 하라고 부추기는
말이 얼마나 무서운 것인지, 얼마만큼의 책임감으로 건네야
하는 말인지 난생처음 알게 된 기분이었다.

*

지수는 메일을 읽지 않았다. 수신확인함을 열어볼 때마다
'읽지 않음'이라는 표시가 눈에 들어왔다. 이경은 일주일을
기다린 뒤 깔끔하게 포기했다. 애당초 그 회사에 계속 다니고
있으리란 기대가 적었고, 설령 그 글을 읽게 된다고 해도 지수
가 답장을 쓰지 않는 쪽이 더 자연스러운 귀결이지 싶었던 것
이다.

오래전에 끊어진 관계였다. 친구나 동료조차 아니었다. 그
러나 친구나 동료가 아니었기에 가까스로 접점을 이룰 수 있
는 관계였다. 그러므로 이경은 자신이 지수가 잉태한 아이의
대모 같은 것이 되어줄 수도 있었으리라는 생각을 좀처럼 떨
쳐버릴 수 없었다. 아무도 찾아오지 않는 병원 입원실에서 자
신이 유일하게 침대 머리맡을 지키며 그녀의 손을 맞잡아줄
수도 있었으리라는 생각을 지울 수 없었다. 식판을 가져다 나
르고, 헐렁한 환자복을 입은 그녀를 부축해 화장실을 오가고,

원무과와 검사실에서 보호자 노릇을 해줄 수 있었으리라고. 그런 식으로 후회를 남기지 않을 수 있었으리라고. 친구나 동료는 아니었지만 그렇기에 가능한 다른 관계를 맺어볼 수도 있었으리라는 생각이 자꾸만 떠올랐다. 하지만 그 다정한 이미지들은 매번 머릿속에서만 재현되었고, 한순간도 이경의 눈앞에 실제로 펼쳐지지 못했다. 그녀가 아무것도 시도해보지 않은 탓이었다. 먼저 연락을 취하지도, 회사에 찾아가보지도, 훗날 교대역 6번 출구 앞에서 다른 회사로 이직한 인문교양팀 팀장님과 마주쳤을 때조차 차마 지수에 관한 질문을 건네지 않은 탓이었다. 유산했다던데. 그런 말을 흘려듣는 순간 이경은 서둘러 인사를 한 뒤 자리를 벗어났다. 뒤도 돌아보지 않고 뛰듯이 걸어 지하철역으로 내려갔다. 그때 계단을 한칸 한칸 내디디며 온몸으로 느꼈던 죄책감을 이경은 기억했다. 양어깨와 등허리를 지그시 내리누르던 압력, 그로 인해 벌어진 마음의 틈새로 스며 나오던 부끄러움을 이경은 한순간도 잊을 수 없었다.

어째서 부끄러운가.

아무도 이경을 나무라지 않았다. 누구도 이경에게 잘못이 있다고 비난하지 않았다. 그러나 이경은 그 일을 기점으로 자신이 조금씩 변해간다고 느꼈고, 변했다기보다 원래의 소심한 자신으로 돌아왔고, 더는 인생의 선택에 있어 마음이 움찔

거리는 쪽으로 나아가지 못했으며, 안락만을 찾아 쥐었다. 때로, 아주 가끔은 걷잡을 수 없을 정도로 어떤 갈망이 들끓어 모두가 말리는 짓을 기어코 저질러버리기도 했지만 그 빈도는 점차 줄었으며, 어느 순간부터는 적당히 억누르거나 모르는 체할 수 있었기에, 그런 마음은 종내 사라져버렸다. 다시는 튀어나오지 않았다. 마치 이제는 사라지고 없는 청춘의 빛처럼.

그러던 어느 날, 이경이 업무 메일을 확인하기 위해 새로고침 버튼을 연달아 눌렀을 때, 수신함 맨 위 칸에 지수의 답장이 도착했다. '잘 지내니?'라는 제목에 'RE:'만 붙은 회신 메일이었다. 발신인을 확인해보니 이경이 글을 발송했던 지수의 인트라넷 주소, 그대로였다.

어쩌면 수신인을 찾을 수 없다는, 휴면 계정 메일함을 정리하던 관리자가 보낸 뒤늦은 메시지일지도 몰랐다. 그러나 지수가 보낸 답장일 수도 있었다. 그런 일을 겪고도 회사를 그만두지 않은, 어쩌면 무사히 아이를 낳은, 보란듯이 승진하고 세계문학팀 팀장이 된, 자신의 삶을 끝까지 밀어붙인 지수의 답신일 수도 있었다.

잘 지내니? 나는 잘 지내. 그 일이 있은 후로 서로 연락한 적이 한 번도 없네. 마지막으로 보여준 모습이 마음에 걸린 탓이었을까. 도무지 내가 먼저 연락을 취할 수가 없었어. 아마 너도 마찬가지였겠지. 생각해보니 그때 우리 참 어렸다. 스물 여섯이었나 일곱이었나. 그때는 우리가 다 큰 줄만 알고, 남아 있는 선택지가 몇 개 없는 줄만 알고, 겁먹은 짐승들처럼 매일 불안하고 초조해했던 것 같아. 사실 지금도 비슷하지. 그렇지 만 예전과 똑같지는 않은 것 같다. 얼마 전에 교정보던 원고에 이런 내용이 있었어. 하늘에는 달이 태양을 가리는 순간에만 볼 수 있는 별들이 있다고 말이야. 개기일식이 일어나면 중력 장에 의해 빛이 휘면서 태양 뒤편에 가려져 있던 별들을 볼 수 있다고 했지. 지구에서 태어난 생명체인 이상 결코 볼 수 없었 을 존재들인데, 몇십 년에 한 번 있을까 말까 한 천체 현상으 로 인해 잠깐이나마 볼 수 있다는 게 좀 신기하더라. 어쩌면 우리도 그런 것이 아닐까 싶었어. 그게 뭔지는 잘 모르겠지만, 나중에도 모를 것 같지만…… 뭐, 이거 하나는 확실해. 나는 이제 정말로 하고 싶은 걸 하면서 살려고. 내키는 대로 해버리 겠다는 뜻이 아니라 가능한 한 매사에 미련이 남지 않는 선택 을 하고 싶다는 뜻이야. 아쉬움 없이, 원 없이 살아보고 싶어. 매 순간, 앞으로도 쭉. 그래서 지금 이 답장도 쓰는 거야. 네가 보내온 마음을 도무지 외면할 수 없어서. 8년쯤 됐을까. 오래 도 걸렸다. 그렇지만 긴 휴지기를 거쳐야만 다시 시작할 수 있 는 관계도 있는 법이겠지. 아무도 이런 식으로 시작해보지 않았을 거야. 그러니까 우리가 최초야. 너는 늘 뭔가를 새롭게 만들어내고 싶어 했지. 새로운 글을 쓰고 싶어 했던 것 같아. 아직 글은 쓰니? 죽도록 하고 있는 거야? 죽을 각오로 살아보자고 점심시간마다 마주 앉아 으르렁거리던 순간들이 떠오른다. 아닌가. 그냥 같이 약 나눠 먹고 콱 죽어버리자고 했던가. 뭐, 아무튼. 한 번은 다시 만났으면 좋겠어. 달이 태양과 맞닿는 일식처럼. 지금이 그때일까. 편할 때 답장해줘.

이경은 수신함에 도착한 메일을 클릭했다. 스크롤을 움직여 거기에 적힌 글귀를 읽어 내려갔고, 뜻밖의 내용에 조금씩 먹먹해지는 가슴께를 눌렀다. 눈길이 마지막 문장을 스치고 지나갔을 때, 이경은 숨을 한번 몰아쉬었다. 그러고는 자리에서 일어나 부엌으로 향했다.

주전자에서 물이 끓는 동안 창밖을 내다보았다. 맑은 하늘 아래 가파른 비탈길을 뛰어 내려가는 두 아이가 눈에 들어왔다. 남매 같았는데, 오빠로 보이는 남자아이가 분홍색 털모자를 쓴 여자아이의 옷소매를 꼭 붙잡고 있었다. 비틀거리면서도 놓치지 않았다.

이윽고 주전자가 요란한 소리와 함께 김을 뿜어냈다. 이경은 머그잔에 뜨거운 물을 가득 채웠다. 티백에서 우러나는 황금빛 너울을 지켜보다가 자리로 돌아왔다. 모니터에 새로운 화면을 띄우고 천장의 한구석을 올려다보았다. 흐릿한 윤곽을 지닌 두 개의 원이 눈앞에 어른거렸다. 몇십 년에 한 번 있을까 말까라니. 낮인데 밤처럼 어두워지는 순간에만 볼 수 있는 별들이라니. 하나의 중심으로 두 원이 겹치는 순간 대기에 인 파문이 살갗에 와닿는 듯했다. 이경은 눈을 질끈 감았다가 떴고 다시 질끈 감았다. 볼 수 없는 것들을 보기 위해 눈을 가늘게 떴고 그 한가운데를 응시했다. 그러자 시야의 먼 곳으로부터 환한 빛들이 서서히 밀려오기 시작했다.

구원을 애타게 원하는 사람만이
신을 알려고 노력하듯, 사랑에 대해서도

신샛별(문학평론가)

퇴사하겠습니다

취업이 어려워지면, 퇴사는 그보다 더 어려워지기 마련이다. 없는 힘을 억지로 끌어모아 새로운 한 주를 버틸 각오를 다지는 월요일의 출근길에서, 더는 감당할 수 없을 것 같은 피로감이 몰려오는 주중의 퇴근길에서, 보람 없는 노동과 충분치 않은 휴식을 반복하며 인생을 메워가고 있다는 달갑지 않은 깨달음이 찾아오는 주말마다, 우리는 남몰래 퇴사를 소망한다. 그러나 통장을 스쳐가는 숫자들에 발목이 붙들리고 불투명한 미래가 두려워 퇴사는 언감생심, 보장돼 있는 휴가를 쓸 때마저도 조마조마하기만 하다. 이렇게 무의미하게 삶이 끝나버리면 어쩌나 생각하면, 별다른 일탈도 대단한 방황도 못 해본 스스로가 원망스럽지만 하는 수 없지 않은가. 다들 이렇게 참고 견디며 사는 것 아닌가.

아니다. 박선우의 소설들은 꼭 그렇지만은 않다고 말하는 쪽이다. 그의 소설에는 앞으로 살고 싶은 '다른 삶'의 정체는 모르겠어도 일단 퇴사부터 하고 보는 행동파(「소원한 사이」)와 죽음과 가난의 위협을 무릅쓰고서라도 '사는 것처럼' 살기 위해 퇴사를 결단하는 소신파(「휘는 빛」)가 등장하는가 하면, 자신은 '대책 없는 인간'과는 다른 종류의 인간이라고 확신하는 사람마저도 사직서를 내고(「밤의 물고기들」), 무직을 고수하려다 가족으로부터 핀잔을 듣고 가출까지 감행하는(「고요한 열정」) 상황이 펼쳐진다. 권고사직을 당한 뒤에도 구직 활동은 뒷전이거나(「빛과 물방울의 색」), 흠잡을 데 없는 회사의 처우 때문에 퇴사의 명분을 찾기 어려운 게 오히려 불만인 사례도 있으니(「그 가을의 열대야」), 박선우 소설들의 퇴사 선호 경향은 의심의 여지가 없어 보인다. 그렇다면 그의 소설들은 퇴사 이후의 삶에 대한 우리의 각종 환상을 대리 실현해 보여주고 있는 것일까.

아니다. 마음껏 게으름을 피우거나 갑자기 해외여행을 떠나거나 탕진 끝에 무소유를 체험하는 정도의 피상적 변화를 바랐던 게 아니었다면, 박선우의 소설들은 퇴사를 향한 우리의 꿈은 차라리 무한히 실패할 수밖에 없는 기나긴 도전의 여정에 가깝다고 말한다. 그의 소설에서 퇴사란 불가피한 현실을 중단시키는 문학적 개입의 한 형식으로 기능하면서, 기계적으로 반복되는 일상으로부터 한 걸음 물러나야만 발생하는 사색과 성찰의 시간을 열어젖힌다. 계획된 일정을 좇아 앞을 향해서만 내달리던 인물들은 퇴사로 인해 잠시 멈춰 서서 자신의 삶을 복기하는 시간 속에 머물게 되고, 거기에서 그동안 은폐하거나 외면해온 자신의 진실을 마주하게 되며, 그 진실을 인정할 때에만 비로소 가능해지는 다른 삶을 염원하기 시작한다.

요컨대 박선우는 각종 규율과 명령에 따라 살아가는 인물들을 억압적 삶으로부터 해방시켜 자유를 모험해보는 쪽으로 이끌어가기 위해 퇴사라는 사건을 소설 속에 들여온다. 그러므로 그의 소설들에 일관되게 나타나는 '퇴사의 선언'이란 현실에 틈을 내어 그 표면 아래 숨죽이고 있는 잠재적 삶의 모습을 드러내 보이겠다는 의지의 표명이나 다름없다. 그런데 이것은 상상의 영토에서 다른 삶의 가능성을 모색하는 일을 본령으로 삼는 '문학의 선언'이기도 하지 않은가. '퇴사하겠습니다'는 '문학을 제대로 해보겠다'는 말처럼 들린다. 이 오래되었으나 여전히 중요한 선언을 등단한 지 이제 2년, 첫 소설집을 묶어내는 신인 작가의 뜨거운 목소리로 듣게 된 것은 우리의 행운일 것이다.

우리가 가진 사랑의 모델들

퇴사를 결심하고 주저 없이 행동으로 옮기는 주인공 '은수'의 심정이 직설적으로 표현되는 「소원한 사이」는 이 소설집 배후의 충동을 가장 투명하게 보여주는 작품이다. "은수는 다른 삶을 꿈꿨다. 새 인생, 뉴 라이프. 그것은 은수가 스무 살 이후로 꾸준히 바라온 목표였다."(187쪽) 물론 은수의 추상적 목표는 퇴사 후 단기간의 '막 나가는' 생활을 경험해보는 정도로 구체화될 뿐이지만, 중요한 것은 계획을 세우지 않고 "그때그때 느낌이 가는 대로"(188쪽) 생활해보는 가운데 그녀가 '홀가분함'과 '충만감'을 체득한다는 점이다. 과거에 대한 미련도 미래에 대한 기대도 갖지 않고 오로지 현재의 자기 자신에게만 집중하는 '카르페 디엠(carpe diem)'의 실천을 통해 그녀는 거의 몸의 일부나 마찬가지였던 '인내심'의 무게를 덜어내게 된다. 세파에 단련되기 위해 '참고 견디는 마음'을 기를 것을 강요받는 요즘 같은 시대에 이 소설이 선사하는 가벼운 해방감은 특별하다. 퇴사하는 후배를 향해 "후회할 거야. (……) 최소한 다음 스텝은 계획하고 있어야 하는 거 아니야?

왜 이렇게 막 나가"(187~188쪽)라며 겁을 주었던 상사에게 이 소설은 "점점 막 나가는 자신이 마음에 들었다"(188쪽) 하고 웃으며 대꾸한다. '정상'의 궤도에서 벗어나려는 시도를 함부로 비난하는 이들을 향해 날리는 이 자신만만한 미소 덕분에 「소원한 사이」는 짧지만 강렬하게 반짝인다.

그러나 이 소설의 미학적 묘미는 다른 데 있다. 박선우는 은수의 일탈을 묵묵히 지켜보고 기다려준 그녀의 오랜 남자친구 '정우'를 등장시키고 두 인물 사이에서 어떤 균형을 잡으려고 노력하는데, 그 시도는 '해방감'이란 어디까지나 일탈 전후의 '안정감'과 대비되어 감지되는 상대적 감정이라는 통찰로 이어지면서 소설에 여운을 더한다. 정우는 은수의 비행(非行/飛行)이 끝나기를 기다렸다가 그녀를 "안락하고 견고한 세계"(191쪽)로 데려다주는 역할을 하면서, 그녀에게 위험을 고지하고("뭐 하는 거야, 위험하게."), 그녀의 허기를 대비하며("그녀가 좋아하는 비프스튜를 만들어주겠다고 대답했다."), 그녀와 함께 꾸려갈 내일을 간절하게 기도하는 사람이다. 그런 정우의 언행들은 알게 모르게 은수를 일상에 안착시켜 그녀가 "오랜 습관대로 안전벨트부터 착용"(191쪽)하게끔 하는데, 이 대목에서 제목 '소원한 사이'는 이중으로 읽힌다. 그들은 제각각의 대칭적 소원(所願)을 빌고 있는 아주 먼 거리의[疏遠] 연인이지만, 그들이 만들어내는 절묘한 균형, 그리고 그 균형이 암시하는 관계의 견고함만큼만은 완벽해 보인다. 박선우는 소설이 특정한 방향으로 뻗어나가는 충동의 순수한 궤적을 좇을 수는 있지만, 그 결과가 아름답지 않다면 곤란하다고 생각하는 게 아닐까. 이 소설의 후반부에서 정우의 활약에 기대어 발휘된 모종의 균형미는 그런 미학적 고민의 산물처럼 보인다.

「소원한 사이」의 연인이 서로 너무 달라서 도리어 맞춤한 짝이 되었듯이, 「밤의 물고기들」의 '나'와 '그'도 극심한 차이 탓에 불가항력적으로 서로에게 끌린 경우다. 한곳에서 8년 넘게 근무하며 답답하다 싶을 만큼 성실하게 살아온 나는, '오픈리 게이'인 데다 이별의 후유증을 달래려 생업을 접고 자기 방종에 가까운 음주와 섹스, 분별없는 해외여행까지 했다는 그를 '대책 없는 인간'으로 취급한다. 대놓고 묻지는 않았지만 어떻게 "그런 식으로 삶을 꾸려나갈 수 있는 거지?"(13쪽)라며 의아해할 만큼, 나는 그와 전혀 다른 종류의 사람이다. 그래서 나는 그에게 묘한 적대감도 갖는다. 그를 두고 "그렇게 행동하는 사람을 제정신이라고 할 수 있나"(17쪽) 비하 섞인 품평을 던지는 장면에 이르면 둘은 결코 친밀해질 수 없을 것만 같다.

소설은 이렇게나 다른 두 사람이 어떻게 만나서 서로에 대해 알게 되고, 또 헤어지게 됐는가를 나의 입장에서 회고한다. 따로 숫자가 표기돼 있지는 않지만 총 다섯 개의 장으로 분절돼 있는 이 소설은 다음과 같은 얼개를 가지고 있다. '사직서 수리를 통보받은 날, 나는 누나로부터 그가 집에 방문한다는 소식을 듣는다.(1장) 누나가 전해준 바에 따르면 그는 최근 이별했다.(2장) 나는 누나에게 그를 소개받고, 셋은 함께 저녁식사를 한다.(3장) 누나가 외출한 뒤 나와 그는 둘만의 술자리를 갖는다.(4장) 그는 떠났고, 나는 재취업을 해 이전과 같은 일을 하며 살고 있다.(5장)' 여기에서 '현재'에 해당하는 1장과 5장을 따로 떼놓고 읽어보면, 이 소설의 중심 사건은 '소개(2장)-만남(3장)-데이트(4장)'순으로 진행된 '과거'의 소개팅처럼 보인다. 그런데 이 1박 2일의 짧은 소개팅에서 나는 질투, 경쟁심, (응원하는 팀이 밀리고 있는 축구 중계를 지켜보는 "빌어먹을" 상황과 꼭 닮은) 무력감, ("하나같이 입에 맞아" 계속 먹게 되는 음식 앞에서 느껴본 듯한) 패배감, ("얼마 안 가 곯아떨어지게 되리라고 확신"하지만 "그럼에도"의 정신으로 과음을 하는) 무모함과 용기, 성적 충동, 후회 등 연애가 주는 다양하고 농밀한 감정의 파고를 두루 경험하게 된다. 적어도 나에게는 그와의 소개팅이 연애의 축소판이나 다름없었던 것이다. 이제 이 소설의 최종 과제는 '과거'의 연애담을 '현재'의 시점에서 곡진하게 들려주는 서사들이 대체로 그렇듯이 연애의 잔여, 즉 그와의 연애가 내게 초래한 변화의 정체를 확인하는 것이 된다.

그가 내게 남긴 것은 무엇일까. "그가 떠나고 오래지 않아

나는 새로이 구직 활동을 시작했다. 이전과 비슷한 조건의 일자리를 얻었고 똑같은 짓을 반복했다."(38쪽) 퇴사라는 상징적 사건의 시효는 진작 끝났고 재입사를 했으므로 실질적으로 달라진 것은 없다는 게 나의 대답이지만, 소설 첫 문단의 "그 기억의 편린들은 좀처럼 휘발되지 않을 것 같고, (……) 불청객처럼 찾아와 남은 생을 고스란히 들여도 소거할 수 없는 얼룩을 남기고"(11쪽) 같은 부분을 통해 우리는 화자가 오랫동안 그의 흔적을 곱씹어왔다는 것을 짐작할 수 있다. '지워지지 않는 얼룩'으로 은유되는 그와의 인연은 나의 입장에서 보면 제대로 시작해본 적도 없는 연애, 즉 실패의 사례임이 분명하지만 "어째서 다시는 돌아오지 않는 것일까"(같은 쪽) 괜히 자문하게 되는 그리운 기억이기도 하다. 실패했기에 더 그리운, 모든 사랑의 대표 명사는 '첫사랑'이니 이 소설을 '첫사랑 이야기'라고 해도 될까. 그렇게 읽으면 이 소설이 보여주는 성장담으로서의 매력도 납득이 된다. 타자와의 합일, 그 요원한 과제를 맹목적으로 수행하는 것이 사랑의 본질이라면 사랑은 타자성을 매개로 종전의 자기 자신과 결별함으로써 가능해지는 '성장'이라는 사건의 원인이자 결과일 수 있다. 게다가 못 견디게 힘들지만 결실이라고는 없는 게 첫사랑이므로 이 소설은 아픔은 있되 성장은 완결되지 않는 '성장통의 서사'로 번역될 수도 있을 것이다.

자제력을 상실했던 그와의 술자리 도중 동성애자와의 대화는 처음이라고 고백한 나는 성장에 필요한 경험들, 예컨대 자기 자신이나 사회와의 불화 또는 갈등이 자기의 인생에는 단 한 번도 없었다는 사실을 떠올린다. "나는 내가 아닌 누군가가 되어보는 일을 상상조차 할 수 없었다. 나는 나였고, 거기에는 아무런 문제가 없었다. 아무 문제도 없어야 한다는 것, 그것이 중요했다. 나는 굳이 내가 아닌 다른 사람이 되어야 할 필요성을 느끼지 못했다. 실은 다른 사람이 되어서는 안 된다고 믿었다."(32쪽) 나의 반(反)성장적 과거는 종일 남들의 피부를 들여다보며 매끄럽게 만드는 직업, 달리 말해 '껍데기'에만 몰두해온 삶과도 제법 잘 어울리는 것이었다. 그 삶에 내재된 '불행'을 알아보고 공감해준 그가, 내게 선물로 건네준 '플라스틱 공 안에 갇혀 티끌만 한 크기로 평생을 살게 되는 코이 잉어 이야기'는 반(反)성장의 과거를 극복하게끔 조력하는 우화로 작동하면서 그가 떠난 뒤에도 나의 성장을 추동하게 된다. "사실 그건 잉어가 아니었음에도, 어째서인지 내게는 잉어로 남아 있고, 그렇게 새겨져버린 듯하고, 그건 돌이킬 수 없는 듯하다."(39쪽) 여기서 화자가 쓸쓸한 어조로 체념하고 있는 '돌이킬 수 없는' 변화란 성장이라는 숙제를 계속해서 미룰 수만은 없다는 사실에 대한 담담한 인정이리라.

이렇게 「밤의 물고기들」은 반(反)성장에서 성장으로 이행해가는 나의 불가역적 변화와 그에 동반되는 아픔의 형상을 그려 보이는데, 동성애자로서의 자기-정체화(self-identification)와 결부돼 있는 나의 최종 성장 여부는 끝내 확언되지 않는다. 결말이 암시하는 바대로 그것은 나의 누나가 익명의 생식세포를 이용하여 출산함으로써 '정상' 가족 바깥에서 자라게 된 조카의 미래 전망과 포개져 있다. "그 아이가 내가 감당할 수 없는 존재로 성장하면 어쩌지, 그러면 나는 그 아이에게 무엇을 해줄 수 있을까, 내가 그 아이를 사랑할 수 있을까, 누군가를 온전히 사랑할 수 없다면 그 잘못은 나에게 있는 것이 아닐까."(같은 쪽) 차별과 배제를 통해 오로지 '정상'만을 재생산하려고 하는 편협한 세계에서 '비정상적' 주체들이 자기기만과 자기혐오의 덫에 빠지지 않고 자신의 삶을 사랑할 수 있을지, 거기에서 더 나아가 무수한 정체성이 공존하는 공동체의 구성원들이 서로를 어떻게 포용할 수 있을지를 이 소설은 진지하게 묻고 있다. 이 물음 앞에서 지금-여기의 한국사회를 살아가는 우리는 한없이 부끄러워질 따름이지만, 동시에 이것 하나만은 분명히 되새기게 된다. 앞으로 한국사회가 얼마나 '성장'했는가를 가늠하는 척도는 우리가 얼마나 다채로운 '사랑'의 모델들을 가지고 있는가의 문제와 절대로 무관해서는 안 된다는 것 말이다.

오직 사랑을 구하는 사람만이

성장과 사랑의 역학관계를 퀴어의 자기-정체화 의제와 관련하여 독창적으로 제시하는 박선우 소설의 위와 같은 특장은 「휘는 빛」과 「고요한 열정」을 거치면서 보다 진전된다. 이 두 편의 소설에서 주체의 성장을 견인하는 것은 외부로부터의 자극이나 대상의 치명적 매력이 아니다. 이상하게 끌리지만 낯설고 두려운 존재, 즉 나의 타자는 이미 내 안에 들어와 있다. 타자와의 거스를 수 없는 인연은 오래전 혹은 모르는 새 시작돼버렸고, 주체는 뒤늦게 그 사실을 자각하고 드러내야 하는 상황에 처해 있다. 여기서부터 퀴어의 자기-정체화는 두 단계로 구별된다. 첫 번째 단계에서 주체는 자신이 '금지된' 마음을 품고 있다는 사실 자체를 수긍하고 인정해야 하며, 두 번째 단계에서는 그런 '불온한' 진심을 솔직하게 타자에게 내보여야 한다. 이렇게 퀴어의 자기-정체화를 '자기긍정'과 '자기표현'이라는 두 단계로 나누어 사유하기 시작하면서 박선우는 자기-정체화에 도달하기 위해 '비규범적' 주체가 통과해내야 하는 내적 불안과 분열, 대립과 갈등, 화해와 통합의 극적이면서도 지난한 여정을 촘촘히 서사화할 수 있게 됐다. 그 여정 전반을 관통하여 흐르면서 독자의 이입을 불러일으키는 주된 감정은 주저함과 망설임 그리고 자기 자신에게 진실하지 못할 때 밀려오는 수치심이다. 이 두 소설은 자기 자신과 고단하고 치열한 분투를 벌이면서 소수자를 둘러싼 사회적·심리적 폭력의 여파까지 고스란히 떠안고 살아가는 인물들의 내면을 섬세하게 전달함으로써, 그들의 '자기 긍정'과 '자기표현'이 얼마나 조심스럽고 비밀스러우며 위험한 결단인지를 설득한다.

먼저 「휘는 빛」부터 살펴보자. 소설의 초입에는 주인공 '이경'이 쓴 에세이 한 편이 나오는데, 그 글에서 그녀는 연락이 끊어진 동료 '지수'를 우연히 보고서도 아는 체하지 않은 스스로를 힐난하고 있다. 반가움을 제때 표현하지 않은 자신을 두고 "왜 이렇게 살까 (……) 나는 스스로가 행복해지기를 두려워하는 사람 같다는 생각이 든다"(197쪽)는 말까지 하며 자책하는 이경의 모습은 그녀에게 지수가 동료 이상의 의미를 갖는 사람일 것이라는 의혹을 갖게 한다. 이경의 복기를 좇아 정리해보자면, 지수는 무역회사를 그만두고 대학원에 진학해 글쓰기를 시작할 무렵 출판사 인턴을 하다 만난 동갑의 친구다. 식사와 대화를 나누며 친밀해진 그녀들은 서로의 고민을 이해하는 관계로 발전하는데, 그 시절 두 사람이 나눈 가장 큰 비밀은 지수와 영업부 상사 '강 부장'의 불륜에 관한 것이다. 임신을 했다는 지수의 고백을 들은 이경은 "남들이 다 뜯어말리는 일인데 멈출 수가 없으면 (……) 그게 사랑이죠"(210쪽)라는 말로 지수를 짐짓 응원하였으나, 막상 지수가 강 부장의 부인에게 수모를 당하는 현장은 외면하고 만다. 이경이 뒤늦게 지수에게 메일을 보내기로 한 것은 "무슨 말을 건네도 당사자에게는 칼날처럼 느껴질 뿐이라고 스스로를 합리화"(212쪽)함으로써 지수의 사정에 무관심해온 자기 자신에 대한 수치심을 내내 간직해왔기 때문이다. "양어깨와 등허리를 지그시 내리누르던 압력, 그로 인해 벌어진 마음의 틈새로 스며 나오던 부끄러움을 이경은 한순간도 잊을 수 없었다."(214쪽)

지수의 곤경을 외면한 사건과 이경의 수치심 사이에는 어떤 상관관계가 있는 것일까. 따지고 보면 퇴사 후 대학원에 진학해 글을 쓰던 이경은 '남들이 다 뜯어말리는 일'에 몰두해 있었으니, 불륜을 저지른 지수와 크게 다른 처지가 아니었다. 당시 두 사람은 직장을 오가며 미래를 대비하는 식의 '규범적' 삶에서는 허락되지 않는 것, 그래서 '청춘의 빛'에 비유될 만한 무언가에 대한 갈망에 시달리고 있었다. 그 갈망을 해결하는 방법으로 지수는 금기를 넘는 사랑을, 이경은 글쓰기로의 투신을 선택했을 따름이다. 그러나 비규범적 삶을 희구한다는 점에서 꼭 닮았고 그래서 급격히 친해질 수 있었던 두 사람은 이경의 일방적 배신으로 멀어졌다. 지수가 사랑을 추구하다 맞닥뜨린 벽은 이경이 조만간 겪게 될 시련을 예고했을 것이고, 앞날이 두려워진 이경은 수치심을 억누르며 뒷

걸음질했던 것이다. 따라서 배신의 순간으로부터 8년이 흐른 뒤 지수에게 진심을 전달하기로 하는 이경의 행동은 '분신인 동시에 타자였던' 지수를 향한 사죄인 동시에 더는 내부의 타자를 밀어내는 부끄러운 삶을 살지는 않겠다는 다짐으로 읽힌다. 지수의 답장을 통해 '개기일식이 일어날 때만 나타나는 별'과 같은 기적으로 서로의 존재를 받아들이게 된 두 사람의 모습이 "비탈길을 뛰어 내려가는 두 아이 (……) 비틀거리면서도 놓치지 않는"(217쪽) 남매의 이미지와 겹쳐지는 소설의 마지막 장면에서, 이경과 지수의 '사랑'이라고 불러도 무방할 우애 혹은 연대를 예감하는 것은 무리가 아닐 것이다.

「휘는 빛」에서 비규범적 주체의 '자기긍정'과 '자기표현'은 이경이 에세이를 쓰는 시점과 그 에세이가 편지로 둔갑해 지수에게 배달되는 시점에 각각 실현된다. 그러나 「고요한 열정」에서는 두 번째 단계, 즉 '자기표현'에 해당하는 '편지 전달'이 미완으로 남게 된다. 이 소설의 첫머리에는 '연후'가 '주영'에게 쓴 편지가 등장하는데, 진솔해서 절절한 그 편지 뒤에 이어지리라 예상되는 것은 묵혀둔 편지 안에서 홀로 커져갔을 연후의 '고요하지만 뜨거운' 진심이다. 그러나 소설은 연후의 편지가 누나 '연수'에 의해 발각됐다는 설정을 들여오면서, 퀴어의 내면을 당사자의 시선으로 그리는 일과는 거리를 두게 된다. 초점 화자가 된 연수의 입장에서 연후의 굴곡

많은 인생은 때로 유머러스하면서도 때로 시크한 어조로 스케치되고, 그에 따라 독자는 퀴어의 감정에 손쉽게 '이입'하는 대신 그의 삶을 논리적으로 '이해'하는 기회를 얻게 된다. 당사자가 아니라면 그 누구도 연후의 고통을 똑같이 느낀다고 말할 수는 없다. 그러나 우리는 이 소설 속 연후의 경험을 좇으며, 감정의 수준에서가 아니라 이성의 수준에서 연후의 고통을 인식할 수 있게 된다. 어쩌면 이것은 소수자의 고통에 대해 공동체의 구성원들이 취할 수 있는 최선의, 그리고 적확한 존중의 방식이 아닐까. 그와 똑같이 앓을 수는 없다 해도, 그의 아픔을 알고자 하는 노력까지 게을리해서는 안 되니까 말이다.

「고요한 열정」은 '동생 연후가 부치지 못한 편지를 누나 연수가 대신 배달하려다 벌어진 한바탕의 소동극'으로 요약될 수 있다. 자청하여 이루어진 배달 심부름을 수행하는 과정에서 연수는 동생의 성적 지향이 알려진 후 가족이 뿔뿔이 흩어져 살게 된 사연을 반추하기도 하고, 가까운 이들의 몰이해와 구박 속에서도 나름대로 침착하게 일상을 꾸려온 동생을 대견해하기도 하며, 누구에게도 털어놓지 못할 마음을 끌어안고 살아왔을 동생의 무력감에 대해 곱씹어보기도 한다. 애정 어린 염려와 걱정을 이어가는 와중에 연수는, 집단 괴롭힘을 당한 연후의 상처를 모른 체하고 지나온 과거를 후회하고 자책하면서 동생을 이해할 준비를 차근차근 해나간다. 물론 결정적인 사건은 연수가 동생의 짝사랑 상대인 주영의 행적을 좇아 현재 안마사로 일하고 있는 그를 만나고, 자신의 정체와 연후의 편지를 전달하려는 목적을 숨긴 채 그와 교류하는 대목에서 벌어진다. 추적, 위장, 비밀과 거짓말 등 수사극의 요소가 가미된 이 소설의 후반부는 박선우 소설에서는 다소 이례적인 속도감과 긴장감으로 더욱 눈길을 끈다.

결과만 보면 주영에게 연후의 편지를 전달하려던 연수의 계획은 실패한다. 그러나 연수는 주영과의 만남을 통해 동생의 고통을 이해하는 데 성공하게 된다. 그것은 안마를 하는 주영의 손끝이 전해준 어떤 가르침, 예를 들면 "회복에 앞서 아픔이 있는 거예요"(173쪽)라든가 "아무 상관이 없어 보여도 실은 다 연결되어 있거든요"(174쪽)와 같은 말들에 내포된 메시지가 연수 자신의 결핍과 상실을 직시하게 만들었고, 그것을 연후의 고통에 포개놓을 수 있게 된 덕분이다. 남편의 외도로 이혼한 후 연수는 남편에게 사랑받지 못했다는 사실보다 "사랑으로부터 외면받았다는 박탈감"(170쪽) 탓에 고독해졌고, 조기 폐경을 진단받은 뒤 아이를 가질 수 없게 되었다는 사실보다 "자의가 아닌 타의에 의한 불능감"(176쪽) 때문에 극도로 우울해졌다. 박탈감과 불능감. 이 소설은 퀴어가 겪는 고통의 실체가 바로 이것이라고 말하는 듯하다. 자신의 인생에 특정한 누군가와의 사랑이 없을 것이라는 예감과 인생 전체에 걸쳐 단 하나의 사랑도 없을지 모른다는 불안은 완전히 다른 것이다. 세상에 편재(遍在)하는 무수한 사랑 가운데 나에게 할당된 것이 하나도 없다는 자각, 애당초 자신은 사랑의 소유권 자체를 박탈당한 존재일지 모른다는 우려, 연수는 이제 그것이 연후가 "내 앞에서 일제히 등을 돌리며"(153쪽) 사라지는 사랑의 뒷모습을 우두커니 바라볼 때의 심정이었을 것이라고 짐작한다. 또 그녀는 자신이 '아이'로 은유되는 어떤 미래를 선택할 수 없게 되면서 처음으로 실감하게 된 불능감이 "너뿐 아니라 너로 인해 가능한 새로운 삶"(같은 쪽)을 향한 열망을 내내 포기하기만 해온 동생의 고질적 슬픔임을 알게 된다.

이렇게 「고요한 열정」은 동생을 사랑하지만 그의 '비규범적' 사랑까지를 지지하는 데는 소극적이었던 누나가 편지 전달의 형식으로 변환돼 있는 퀴어의 '자기표현'을 대행하게 함으로써, 퀴어'만'의 것이라고 착각하기 쉬운 사랑에 관한 결핍과 상실을 보편의 권리 담론으로 가공해 제시하는 데 성공한다. 말하자면 퀴어는 사랑의 '소유권'에서 배제돼 있으며, 새로운 삶을 구상하고 실현하는 '선택권'에서 차별받고 있다는 것. 소설 속 연수처럼 퀴어의 박탈감과 불능감을 사랑을 염원하는 사람이라면 누구나 겪을 수 있는 보편의 불행으로 보기 시작할 때, 우리는 그들의 희망과도 어렵지 않게 대화할 수 있게 된다. 예컨대 이 소설이 보여주는 사랑에 대한 다음과 같은 통찰은 탁월할 뿐만 아니라, 널리 공감될 여지가 있지 않은가. "남자에게는 아이가 필요해 보였다. 집으로 돌아가기 위해서, 내일을 준비하기 위해서, 계속 살기 위해서. 아이에게도 남자가 필요해 보였다. 자신을 간절히 원하는 이가 세상에 존재한다는 것, 그가 결코 제 곁을 떠나지 않으리라는 것. 그 믿음이 아이에게 중요해 보였다. 아이들은 생각보다 많은 것을 필요로 하지 않는다. 아니, 우리는 누구나 단 한가지만을 원한다. (……) 남은 생에 간절히 염원할 단 하나의 이미지. 그게 뭔지 어렴풋이 알 것도 같았다."(182~183쪽) 이 소설에 기대어 단언컨대, 퀴어는 사랑에 대해, 사랑 속에서 한없이 자유로운 그 누구보다도, 정확히 알고 있다. 구원을 애타게 원하는 사람만이 신에 대해 알려고 노력하듯, 사랑을 구하는 사람이 사랑에 대해 끈질기게 생각한다. 그러므로 사랑에 대해서라면, 나는 언제나 사랑에 간절한 박선우의 소설들로부터 배울 게 많을 것 같다.

이별의 완성과 새로운 시작

박선우의 소설들을 떠받치는 두 개의 핵심 질문은 '나는 누구인가'와 '사랑은 무엇인가'다. 앞서 언급한 소설들을 차례로 짚으면서 부연하면, 「소원한 사이」와 「밤의 물고기들」은 전자의 비중이 상대적으로 큰 작품이고, 「휘는 빛」을 거쳐 「고요한 열정」으로 올수록 후자의 비중이 증가하는 모양새다. 그리고 지금부터 다룰 두 편의 소설 「그 가을의 열대야」와 「빛과 물방울의 색」에서는 사랑의 탐구가 전면화한다. 이 소설들에서 화자들은 이미 헤어진 연인과 두 번째 이별을 하고 있다. 첫 번째 이별에서 그들은 연인과 왜 헤어지는지 모르는 채 헤어졌다. 그러나 지금, 두 번째 이별을 하면서는 그 이유를 안다. 따라서 이 소설들은 일차적으로 정지됐거나 지연됐던 이별의 완성을 향해 가는 이야기라고 할 수 있지만, 한편으로는 새로운 사랑의 시작을 위해 화자가 기지개를 켜기 전 꾸는 꿈처럼 보이기도 한다. 이별이라는 상처를 헤집는 괴로운 회상의 과정을 동반하는 이 소설들에서 미미하게나마 설렘과 회복의 기미가 엿보이는 것은 그 때문일 것이다. 음악에 비유한다면 이 소설들은 이별을 매듭짓고 다음에 올 사랑의 절(節)로 건너가기 위해 연주되는 일종의 간주(間奏)처럼 보인다.

「그 가을의 열대야」가 아직 두 번째 이별을 겪지 않은 화자의 삶을 "계절이 떠날 듯 떠나지 않고 긴 폐곡선을 그리며 주위를 맴돌기만 하는 나날. 이를테면 봄 다음에 여름, 여름 다음에 가을이 아니라 가을 다음에 가을, 다시 가을, 가을만이

도래하는"(117쪽) 시간으로 묘사하는 것은 이런 맥락에서다. 이 소설에서 사랑하지 않는 사람의 시간이란 흐르지 않고 멈춰 있는 것이며, 마디[節]가 없는 계절처럼 아무런 변화를 기대할 수 없는 것이다. 생기 없는 시간에 갇혀 있는 자기 자신의 삶을 화자는 "이보다 더 안정적인 삶이란 호스피스 일인실이나 관 속에나 마련되어 있겠지"(119쪽)라며 불만스러워 하는데, 여기에서 언뜻 비치는 죽음의 충동은 예사롭게 보이지 않는다. 열병이나 두드러기로 나타나는 화자의 신체적 표현들은 그가 지금 삶과 죽음의 경계에 근접해 있다는 신호가 아닌가. 태연하고 능청스럽게 "살고 싶나, 이렇게 계속"(122쪽) 자문하고 있지만, 그는 완치될 기미가 없는 환부의 통증을 참으며 '설렐 일' 하나 없는 삶, 오직 죽음만을 인생의 이벤트로 남겨둔 심각한 상황을 버티고 있는 중이다. 그런 그의 상황이 급전(急轉)되는 것은 마침 도착한 한 통의 '편지' 덕분이다.

「휘는 빛」과 「고요한 열정」 그리고 「그 가을의 열대야」에서까지 '편지'는 거듭 애용되는데, 앞선 두 소설이 발신자와 수신자 사이의 공간적 '거리'를 활용해 자기-정체화의 머뭇거림이 초래한 정체(停滯)를 서사화해 보였다면, 「그 가을의 열대야」에서는 배달 사고가 빚어낸 '시차(時差)'를 활용해 시간의 선형적 흐름과 무관한 환상적 공간을 연출한다. 회중시계를 든 토끼를 좇아 이상한 나라로 입장한 앨리스처럼 5년

전 'J'가 보낸 것으로 돼 있는 편지를 받아들고서 화자는 현실에 부재하는 사랑의 세계로 접어드는데, 그곳에서 옛 연인 J는 유령이 된 채 내내 화자의 주변을 맴돌고 있다. "지금 이곳에 있을 리 없는 네가, 있어서도 안 되는 네가, 방문 너머에서 내가 서 있는 쪽을 물끄러미 건너다보는 시선이 느껴졌다."(136쪽) 엄밀히 말해 이 환상은 과거 J에게 저지른 실수와 오류를 속죄하기 위해 화자가 꾸며낸 것일 공산이 크다. 친구들과 부모님께 자신의 정체성을 들킬까 봐 두려워했던 그는 시종 연인 J의 존재를 주변에 숨겼고, 그 때문에 생긴 J의 상처까지도 모른 체했다. "그 얼굴. 이제껏 외면해왔던 그 얼굴을, 눈빛을, 나는 비로소 마주할 수 있었다."(145쪽) 이제와 화자가 자신의 과오를 인정한다고 해서 J와의 관계가 달라질 수는 없을 것이다. 그러나 소설의 서두에서 화자는 "이별을 실감할 수 있었고, 그것이 스산한 계절의 끝을 갈음해주리라는 것도 어렴풋이나마 예감할 수 있었다"(117~118쪽)고 했으니, 그는 그 상상적 속죄를 통해 이별을 매듭짓고 다음 계절로 옮겨갈 준비를 마친 듯하다.

「빛과 물방울의 색」에서는 편지가 아니라 죽어서 유령이 된 연인 '이유영'이 직접 화자를 찾아온다. "부고를 접했을 때, 너의 죽음에 관한 실상을 제대로 알아볼 엄두조차 내지 못했다. 나 자신을 추스르기도 버거웠으니까. 어쩌면 미지의 영역에 너를 남겨두고 싶었는지도 몰랐다. 외면하는 방식으로 애도를 유예하고 싶었는지도."(88쪽) 이별이라고 할 만한 어떤 의식(儀式)도 없이 갑작스럽게 연락이 두절된 것이었으니 화자는 이유영과 제대로 헤어지지 못하고 그를 죽음 너머로 속절없이 떠나보냈던 셈이다. 그 사연을 고려하면 죽음 너머에서 빗속을 걸어 찾아온 옛 연인과 화자가 천진하게 대화를 나누는 장면들 기저에 깊은 슬픔과 그리움이 스며 있다는 것을 눈치채기는 어렵지 않다. 이쯤 되면 이 소설 전체가 '글을 쓰는' 작중 화자에 의해 가공된 하나의 이별 의식 또는 애도 절차로 읽히는데, 흥미로운 것은 그 가공의 방식이다. 풍부한 이미지들을 생산하면서 전개되는 이 소설은 사랑에 관한 아포리즘, 즉 '사랑은 삶에 물기를 더하는 일이다'가 시적 연상의 궤적을 따라 서서히 서사의 규모를 갖추게 된 사례로 보인다. '은유법'을 이야기의 제작술로 채택한 경우라고 할까.

우거진 이파리들 사이로 잘게 부서져 내리는 빛. 그 아래에서 두 눈을 감고 있으면 네가 떠오르곤 했다. 아마도 살갗에 내려앉은 온기가 내 안의 물기를 뭉근히 데워 증발시키는 감각 탓이었겠지. 그때마다 나는 조금씩 바삭해지며 너를 잃었다. 잊는 기분에 사로잡혔다. 다시는 너를 만나지 못하리라는 예감에 무릎이 꺾일 것만 같았어. 그러니까 그날, 늦여름의

태풍이 짙은 먹구름을 몰고 온 그때처럼, 네가 내 앞에 나타
날 일은 더 이상 없으리라는 확신이 나를 말라붙게 만들었다.
야위게 했고, 덕분에 내 삶은 옥상 난간에 널어두고 까맣게
잊어버린 솜이불처럼 수척해져…… 누군가의 수거를 기다리
는 형태로 남아 있다. 기약 없이, 그 어떤 기대도 없이.(73쪽)

인용문은 이 소설의 첫 문단이다. 「그 가을의 열대야」나
「고요한 열정」에서도 드러나는 특징이지만 박선우는 소설 전
체를 함축하고 있는 단 하나의 장면을 먼저 툭 던져놓고 시작
하기를 좋아한다. 위치상으로는 프롤로그이지만 내용상으로
는 에필로그가 되는 이 장면에는 이 소설이 의존하는 비유와
상징체계가 거의 포함돼 있다. 예를 들면 화자를 사이에 두
고 형성돼 있는 '물'과 '빛'의 대립 구도는 '기록적인 장마 기
간' 동안에만 찾아왔다가 '비가 그치고 해가 뜨면' 떠나는 유
령 연인의 '논리적인' 출현과 연동되며, 사랑의 완전한 소멸
이 '증발'에 비유되면서 이별 후의 삶은 '건조'의 상태로 표현
되는 식이다. 박선우는 서로 대체될 수 있는 단어들의 집합(계
열체)과 잇달아 등장할 때 특정한 분위기를 자아내는 단어들
의 모임(통합체)을 신중히 사용하며 마치 시를 쓰듯 소설을 직
조하고 있다. '빗발, 빗줄기, 소나비, 비, 빗방울, 물방울, 물기,
습기 찬 공기, 안개'의 차이를 섬세하게 구별해 '물기 어린' 유

령 연인의 근접 정도에 따라 다른 단어를 배치하여 상황을 묘
사하는 사례가 전자에 해당한다면, '태풍-암운-밤-어둠-저
수지-장마'를 연속적으로 나열하면서 화자가 궁극적으로 통
과하게 되는 죽음에 가까운 시공간, 즉 '애도'의 무겁고 우울
한 정서를 형상화하는 사례는 후자에 해당할 것이다.

　연인의 죽음과 이별이라는 사건을 '물의 낙하와 증발'이라
는 현상학적 상상력에 의해 표현하고 있는 이 소설은 애도를
마칠 즈음 화자의 심경을 다음과 같이 적고 있다. "나는 손을
뻗어 낙하하는 빗방울을 쥐어보려고 했다. 추락의 궤적을 자
꾸만 낚아채려고 했다. 몇 번의 시도 끝에 손아귀에서 맑고
차가운 액체의 감촉을 느낄 수 있었다. 나는 그것을 놓치지
않기 위해 꽉 움켜쥐었다. 쥔 채로 입술 가까이 가져왔을 때
에야 내가 가질 수 없다는 걸 알았다."(98쪽) 애도가 끝난 뒤
"너와 나의 모습이 담겨"(93쪽) 있었던 물방울은 화자에게서
완전히 떠나갔다. 그래서 화자의 현재는 '누군가의 수거를 기
다리는 바짝 마른 솜이불'로 비유되고 있지만, 그런 그를 너
무 안타깝게만 볼 필요는 없을 것이다. 자신의 삶에 물을 줄
누군가가 나타날 것이라는 '기약도 기대도 없다'고 그는 말했
으나, 바짝 말라 있다는 것은 이전과는 다른 색으로 물들기
가장 좋은 상태라는 뜻이기도 하다는 것을 우리는 알고 있으
니 말이다.

그가 출발한 지점

이제 그의 초기작 두 편이 남았다. 아포리즘의 생산이라는 측면에서 보면 「느리게 추는 춤」의 마지막 대목도 인상적이다. 이 소설의 화자는 이별 직후 자신의 연애를 "서로 박자를 맞춰가며 느리게 추는 춤"(114쪽)이었다고 정리한다. 그것은 세상의 모든 연애에 대해서도 맞춤한 명제처럼 보인다. 그러나 소설은 이와 같은 명제에 도달하기까지 화자가 거치는 '번복'을 이야기하는 데 더 관심이 많다. "개새끼"에서 "왜 그랬어?"로, 곧 그 말조차 지워버리고 "그럴듯한 말이 떠오르지 않아 막막"(102~103쪽)해지는 상황으로 화자는 옮겨간다. 연인에게 해야 했으나 전하지 못한 '한마디'를 찾아 헤매는 화자의 언어 탐지 과정은 목적지를 잘못 찾은 택시의 한정 없는 방황에 비유되고, 소설은 사랑에 대해 이야기할 때 언어가 봉착하게 되는 어떤 곤경을 암시하는 데 이른다. 그러니까 언어는 사랑에 대해 단숨에 도달할 수는 없다는 것. 사랑에 대해 언어는, "그저 헤매는 심정"(107쪽)이 되고 마는 화자와 같이, 또 "한마디를 찾아낸들 그걸 소리 내어 말하면, 글로 쓰면, 의미가 곧이곧대로 전해지긴 할까"(112~113쪽) 회의하는 입장에서만, 겨우 말해볼 수 있는 것이다.

「우리는 같은 곳에서」의 내용도 이와 일맥상통하는 바가 있다. 이 소설은 사랑을 비롯한 관계를 정의하는 우리의 언어가 얼마나 자의적인 것인지, 그렇기 때문에 얼마나 기만적일 수 있는지를 일러주는 세 겹의 우화로 이루어져 있다. 먼저 '친구'였던 '영지'와 '주연'의 에피소드에서, 영지는 주연과 자신 사이의 거리를 지하철 노선도를 기준으로 37분으로 환산하는 바람에 도보를 기준으로 12분이면 올 수 있을 거라 기대하고 자신을 부른 주연의 요청에 응답하지 못했다. "거기서 여기까지 그렇게나 먼가"(45쪽) 되묻는 주연과 "멀다고"(46쪽) 성가시다는 듯 답하는 영지 사이의 어긋남, 그리고 그때 일어난 "급격한 전환"(같은 쪽)에 대해 영지는 자신의 판단이 섣부른 착오였음을 뒤늦게 인정하면서 착잡한 심경이 된다. 그런가 하면 두 번째 에피소드에서 '나'와 '아내'는 '거의 하나'라고 말해도 좋은 '밀접한' 부부이긴 하지만, 싸움이라도 날라 치면 "상대를 등한시해야만 유지 가능한 관계"(56쪽)가 된다. 이런 식이라면 '부부'란 그 자체가 거대한 아이러니가 아닌가. 나와 영지, 그리고 둘 사이를 불륜으로 의심해온 아내가 삼자대면을 하게 되는 마지막 에피소드는 치정극이 펼쳐지리라는 독자의 예상을 완벽하게 거스르는 방향으로 진행된다. 셋이 다정한 말과 따뜻한 차를 나누다가 "눈 내리는 광경을 처음 본 아이들처럼 입을 벌린 채 그 모습을 지켜보"(68쪽)는 의외의 모습을 연출하는 이 소설은 빈곤한 상상력에 기대어 관계를 관습적으로 정의하려는 모든 시도를 단호히 거부하기 위해 설계된 것만 같다. 세 겹의 우화가 "원근감이란 주입된 감각에 불과"(50쪽)하다는 문장의 근거로 작동하면서, 이 소설은 관계에 대한 정의는 착오일 수 있다고, 그러므로 관계에 대한 우리의 판단은 언제나 잠정적일 필요가 있다고 주장한다.

관계를 영구적인 것이 아니라 잠정적인 것으로 파악하고자 하는 이 소설의 관점은 이 소설집 전체가 공유하고 있는 모종의 철학 같다. 박선우의 소설들에는 확신할 수 있는 관계가 등장하지 않는다. 그의 소설에서는 나와는 다른 종류의 사람에게 이끌리고(「소원한 사이」 「밤의 물고기들」), 멀어졌다고 낙담해온 사이가 한결 가까워지며(「휘는 빛」 「고요한 열정」), 헤어진 연인에게서 별안간 소식이 찾아온다(「그 가을의 열대야」 「빛과 물방울의 색」). '친구'나 '부부'도 세상에서 가장 서먹한 사이가 될 수 있고, 적대(敵對)가 연대(連帶)로 전환되는 것도 가능하다(「우리는 같은 곳에서」). 관계란 무한한 가능성의 세계라는 것이 박선우의 신념이자, 그의 글쓰기 동력 아닐까. "색색의 가능성이 돌이킬 수 없을 지경으로 말라붙어가는 동안 나는 무엇을 하고 있었나. 왜 한번 꺼내 써볼 생각조차 하지 않았나"(「빛과 물방울의 색」, 92쪽) 자책하는 마음이 그를 책상 앞에 앉게 했을 것이다. 그는 실현되지 못한 가능성들에 이름을 붙여주고자 하는 작가, 그럼으로써 관계를 유동적인 것으로 바

라보고자 하는 작가다. 그러고 보면 이 소설집의 제목 '우리
는 같은 곳에서'는 지금-여기를 함께 살아가는 우리에 대한
최소한의 정의이면서 또 최대한의 가능성이기도 한 것 같다.
여기서 출발한 그가 오늘에 이르렀다. 가능성을 향해 퇴사를
불사하는, 섬세하게 용감한 작가가 되었다.

작가의 말

　얼마 전까지 나는 누군가를 기다리기 위해 카페에 앉아 있으면, 거대한 창 너머로 거리를 지나는 사람들과 바람에 흔들리는 잎사귀들을 바라보고 있으면, 어째서인지 내가 버려졌다는 기분이 들었다. 기다리는 이가 영원히 오지 않을 것만 같았고, 오지 않더라도 그것이 놀라운 일은 아니라는 예감에 사로잡혔다. 하지만 그는 왔다. 내가 기다리던 이는 문을 열고 들어와 환하게 미소 지었다. 우리는 마주 앉아 근황을 나누었고, 커피를 홀짝였으며, 가끔은 준비해 온 선물을 주고받기도 했다. 밤이 이슥해지면 깜짝 놀란 얼굴로 시계를 확인한 뒤 다음을 기약하며 헤어졌다. 안녕. 조심히 들어가. 혼자가 되어 집으로 돌아오는 길에야 나는 비로소 우리가 함께한 시간이, 그 찰나에 가까운 시간만이 진정으로 놀라운 사건이었음을 깨달았다. 그 외의 어떤 일도 나를 조금 더 살아보게 만들 수 없으리라는 사실을 인정했다. 그래서인지 요즘 나는 누군가를 기다리기 위해 카페에 앉아 있으면, 기다린다기보다 기도하는 마음이 된다. 감히 바랄 수 없는 일을 소망하는 심정이 되고…… 그러한 마음가짐으로 글을 써왔다는 생각을 한다. 다음에 써야 할 글이 무엇인지 알 것 같다.

*

이 책에 엮인 소설들을 쓸 때 내가 가장 고민한 점은 문장도, 소재도, 플롯도 아니었다. 번번이 나는 소설의 첫 문장을 쓰기 직전까지 주인공의 성별을 고심했다. 그것은 내가 인위적으로 변경할 수 없는 흐름, 작품의 톤과 방향성을 결정짓는 일이나 다름없었다. 대체로 내가 그리는 남성 인물은 소중한 무언가를 잃어버렸고 그것을 회복하지 못한 채 결말을 맞이했다. 한동안 나는 그것을 마땅하다 여겼는데, 그것은 내가 지닌 남성성에 대한 분노와 체념에서 비롯했다. 이와 다르게 여성 인물은 소중한 무언가를 잃어버렸음에도 그것을 회복하려는 조짐을 품은 채 결말에 이르렀다. 한동안 나는 그것을 의식적으로 노력했는데, 그것은 내가 지닌 여성성에 대한 조심스러운 긍정이었다고밖에 볼 수 없다.

　돌이켜보니 그렇다는 것이다.

　이제 나는 '나'의 성별을 고민하지 않는다.

*

　글쓰기와 생활에 대해 늘 조언해주는 영수 형에게 먼저 고마움을 전한다. 퇴고 과정에서 세심하게 도움을 준 병운과 근근 스터디에도 감사의 인사를 드린다. 편집에 애쓴 태운과 사려 깊은 해설을 덧붙여준 신샛별 평론가, 흔쾌히 추천사를 써준 강화길·박솔뫼 선배에게도 고개 숙여 사의를 표한다. 끝으로 요즘 나를 가장 살아 있게 만들어주는 한 사람, 남자친구 J에게 사랑한다고 말하고 싶다.

2020년 여름 안에서
박선우

수록 작품 발표 지면

밤의 물고기들 …… 〈문장 웹진〉 2019년 6월호

우리는 같은 곳에서 …… 2018년 자음과모음 신인문학상 수상작

빛과 물방울의 색 …… 『미니어처 하우스』 수록작

느리게 추는 춤 …… 『문학3』 2019년 3호

그 가을의 열대야 …… 『문학과사회』 2019년 가을호

고요한 열정 …… 『자음과모음』 2019년 여름호

소원한 사이 …… 『한남동 이야기』 수록작

휘는 빛 …… 『창작과비평』 2018년 겨울호

우리는 같은 곳에서

© 박선우, 2020

초판 1쇄 발행일 2020년 6월 15일
초판 2쇄 발행일 2020년 7월 17일

지은이   박선우
펴낸이   정은영
편집   안태운 정사라 김정은
마케팅   이재욱 최금순 오세미 김하은
제작   홍동근

펴낸곳   (주)자음과모음
출판등록 2001년 11월 28일 제2001-000259호
주소   04047 서울시 마포구 양화로6길 49
전화   편집부 (02)324-2347, 경영지원부 (02)325-6047
팩스   편집부 (02)324-2348, 경영지원부 (02)2648-1311
이메일   munhak@jamobook.com

ISBN 978-89-544-4273-2 (03810)

이 도서의 국립중앙도서관 출판시도서목록(CIP)은 서지정보유통지원시스템 홈페이지
(http://seoji.nl.go.kr)와 국가자료공동목록시스템(http://www.nl.go.kr/kolisnet)에서
이용하실 수 있습니다.(CIP제어번호: CIP2020021913)

• 이 책은 한국문화예술위원회의 2019년도 한국예술창작아카데미사업을 지원받아 발간·제작되었습니다.